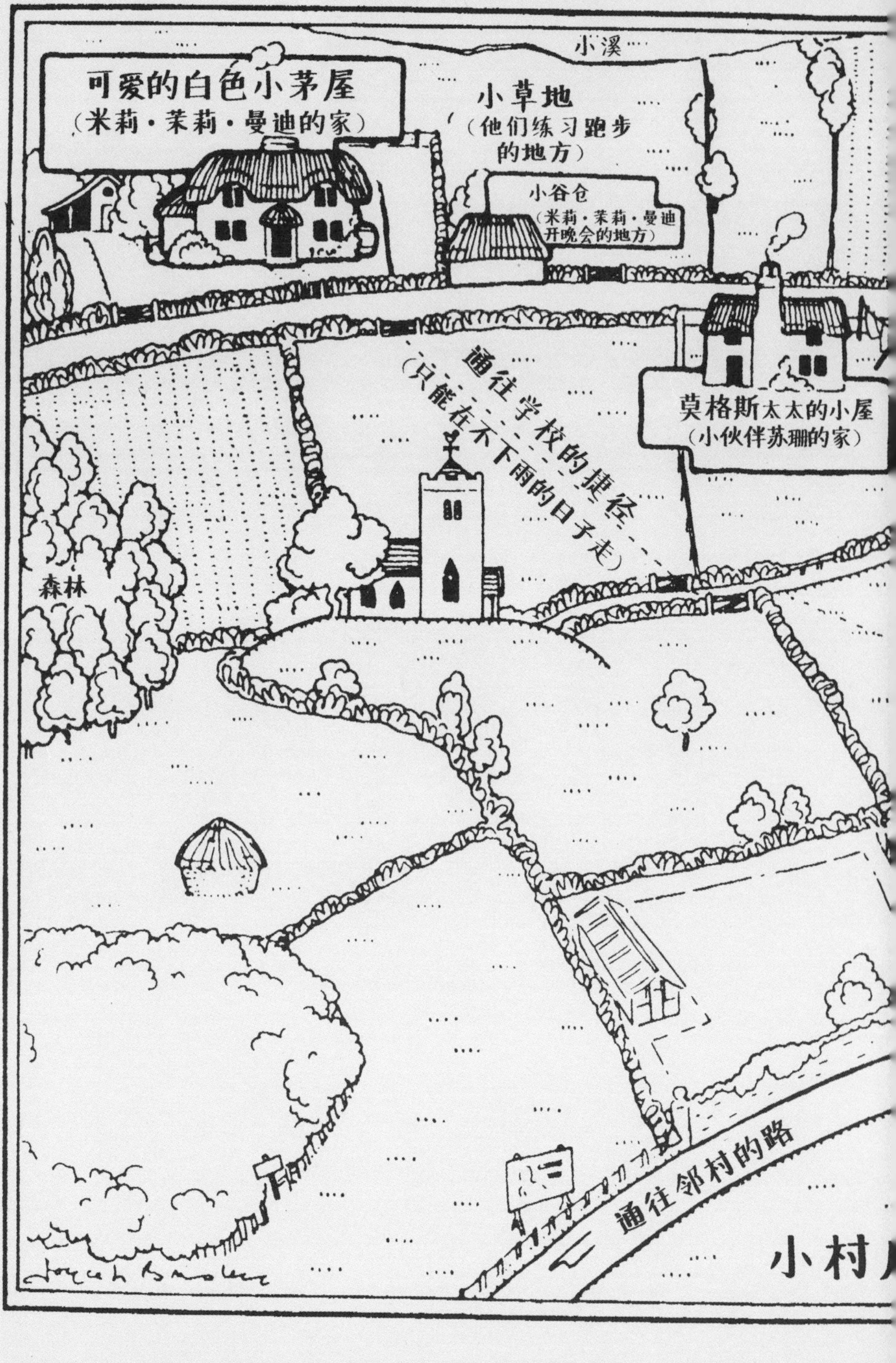
可爱的白色小茅屋
（米莉·茉莉·曼迪的家）
小溪
小草地
（他们练习跑步的地方）
小谷仓
（米莉·茉莉·曼迪开晚会的地方）
通往学校的捷径
（只能在不下雨的日子走）
莫格斯太太的小屋
（小伙伴苏珊的家）
森林
通往邻村的路
小村

村委会
(举行聚会的地方)

玩耍的广场……
(举行游园会的地方)

拉奇先生的家
铁匠铺

邮递员先生的家

布兰特先生的谷物商店
(比利·布兰特的家)

斯迈尔先生的杂货店

通往学校的捷径

玛金斯小姐的商店
(吉莉的家)

哈伯太太的面包店
(布罗斯太太和布罗斯小姐的家)

通往邻村的路
(去往集市)

十字路口

学校

教师宿舍

地图

银色独角兽

小淑女
米莉·茉莉·曼迪
和她的白色小茅屋

〔英〕乔伊斯·兰克斯特·布斯利 著
十画 译

人民文学出版社

著作权合同登记号　图字 01-2020-3313

Author/Illustrator: Joyce Lankester Brisley
The Milly-Molly-Mandy Storybook
Text and illustrations copyright © Joyce Lankester Brisley
1928, 1929, 1932, 1948
Original edition published 2009 by Macmillan Children's Books
a division of Macmillan Publishers Limited
Simplified Chinese copyright © Shanghai 99 Culture Consulting
Co., Ltd. 2016
ALL RIGHTS RESERVED

图书在版编目(CIP)数据

小淑女米莉·茉莉·曼迪和她的白色小茅屋/(英)乔伊斯·兰克斯特·布斯利著；十画译. —北京：人民文学出版社，2016(2020.7重印)
（银色独角兽）
ISBN 978-7-02-011675-1

Ⅰ. ①小… Ⅱ. ①乔…②十… Ⅲ. ①童话-作品集-英国-现代 Ⅳ. ①I561.88

中国版本图书馆 CIP 数据核字(2016)第 117393 号

责任编辑：卜艳冰　尚　飞　杨　芹
装帧设计：李　佳

出版发行　人民文学出版社
社　　址　北京市朝内大街 166 号
邮政编码　100705
网　　址　http://www.rw-cn.com

印　　制　山东德州新华印务有限责任公司
经　　销　全国新华书店等

字　　数　105 千字
开　　本　880×1230 毫米　1/32
印　　张　6.75
版　　次　2016 年 10 月北京第 1 版
印　　次　2020 年 7 月第 2 次印刷
书　　号　978-7-02-011675-1
定　　价　27.00 元

如有印装质量问题，请与本社图书销售中心调换。电话：010-65233595

目 录

1. 米莉·茉莉·曼迪是个小跑腿 …………… 1
2. 米莉·茉莉·曼迪的1便士 …………… 11
3. 米莉·茉莉·曼迪的大姨奶奶 …………… 20
4. 米莉·茉莉·曼迪摘黑莓 …………… 28
5. 米莉·茉莉·曼迪参加聚会 …………… 35
6. 米莉·茉莉·曼迪的愉快拜访 …………… 43
7. 米莉·茉莉·曼迪做园艺 …………… 53
8. 米莉·茉莉·曼迪开商店 …………… 62
9. 米莉·茉莉·曼迪开晚会 …………… 72
10. 米莉·茉莉·曼迪认识新老师 …………… 86

11. 米莉·茉莉·曼迪参加游园会 …………………… 97

12. 米莉·茉莉·曼迪得到一个大大的惊喜 …… 106

13. 米莉·茉莉·曼迪参加音乐会 …………………… 114

14. 米莉·茉莉·曼迪的妈妈去旅行 ……………… 123

15. 米莉·茉莉·曼迪去大海边 ……………………… 133

16. 米莉·茉莉·曼迪照料小宝宝 …………………… 142

17. 米莉·茉莉·曼迪去探险 ………………………… 152

18. 米莉·茉莉·曼迪帮忙补房顶 …………………… 162

19. 米莉·茉莉·曼迪看家 …………………………… 172

20. 米莉·茉莉·曼迪参加铁匠先生的婚礼 …… 181

21. 米莉·茉莉·曼迪拥有了一条新裙子 ……… 197

1
米莉·茉莉·曼迪是个小跑腿

很久很久以前,有个小女孩和她的爸爸、妈妈、爷爷、奶奶、叔叔、婶婶住在一起,他们住的房子是一幢白色的乡村小茅屋*,房顶上面铺着厚厚的稻草。

这个小女孩有着短短的头发、短短的腿,还总是穿着短短的裙子(夏天是粉色和白色条纹相间的棉布裙,冬天是红色的呢子裙),不过她的名字可一点儿也不短,她的原名是米莉森特·玛格丽特·阿曼达。不过呢,每当爸爸、妈妈、爷爷、奶奶、叔叔、婶婶想要喊她的时候,总嫌名字太长喊起来麻烦,所以他们就把她的名字缩短成了米莉·茉莉·曼迪,这样就简单多了。

今天,住在白色小屋里的人都有一些很特别的工

---

* 小茅屋,是一种英国传统的乡村老房子,木头或砖做的墙,麦秆或稻草做的屋顶,有着独特的英式风格,现在已被誉为英国国宝。

作要做，就连米莉·茉莉·曼迪也不例外。

爸爸在小屋旁的大花园里种菜，妈妈忙着做饭洗衣。爷爷驾着小马车把蔬菜运到集市上去卖，奶奶在给全家人编织温暖的袜子、手套和毛衣。叔叔照看家里养的奶牛和小鸡（奶牛可以给家人提供牛奶，小鸡养大以后能下蛋），婶婶则忙着给家人缝裙子和衬衫，还要把房间打扫得干干净净。

那米莉·茉莉·曼迪呢，她在忙什么？

正如我之前告诉过你的，米莉·茉莉·曼迪有一双小短腿，但是它们可好动了，刚好适合当个小跑腿。所以呢，米莉·茉莉·曼迪可忙了，她忙着把大人交给她的东西从东运到西，从西运到东，不仅如此，她还得帮大家传递口信。

这一天，天气很晴朗，米莉·茉莉·曼迪在花园里和她的小狗托比一起玩，这时，爸爸从对面茂密的豆茎丛中探出脑袋，对米莉说："米莉·茉莉·曼迪，到莫格斯先生家去，把我借给他的铲子要回来！"

爷爷 — 奶奶 — 爸爸 — 妈妈 — 叔叔 — 婶婶 — 米莉:
茉莉:
曼迪:

很久很久以前，有个小女孩和她的爸爸、妈妈、爷爷、奶奶、叔叔、婶婶住在一起。

米莉·茉莉·曼迪回答道:"遵命,爸爸!"说完,米莉·茉莉·曼迪转身回屋去拿自己的帽子准备出发。

妈妈正好站在厨房门口,手里拎着一篮子鸡蛋,她一看到米莉,忙喊道:"米莉·茉莉·曼迪,把这些鸡蛋送去莫格斯太太家,她要拿来招待客人。"

米莉·茉莉·曼迪回答道:"遵命,妈妈!"说完就接过了篮子。

"帮爸爸要回铲子,帮妈妈送鸡蛋。"米莉·茉莉·曼迪在心里默念。

这时爷爷也走过来对米莉说:"米莉·茉莉·曼迪,请帮我去玛金斯小姐的商店买一团线,给你1便士。"

米莉·茉莉·曼迪回答说:"遵命,爷爷!"她接过爷爷递来的1便士后,开始在脑袋里回顾这些任务:"帮爸爸拿铲子,帮妈妈送鸡蛋,帮爷爷买一团线。"

当米莉·茉莉·曼迪路过厨房时,坐在扶手椅里织手套的奶奶又喊了起来:"米莉·茉莉·曼迪,你能帮我买一团红毛线回来吗？这是 6 便士。"

米莉·茉莉·曼迪回答说："遵命，奶奶！"说完，她接过奶奶递来的 6 便士，开始默念道："帮爸爸要回铲子，帮妈妈送鸡蛋，帮爷爷买一团线，帮奶奶买红毛线。"

米莉·茉莉·曼迪走到门廊时，叔叔大步流星地匆匆走来，他对米莉说："噢，米莉·茉莉·曼迪，像个好姑娘那样飞快地跑到布兰特先生的商店，告诉他我正等着他送鸡饲料呢！"

米莉·茉莉·曼迪回答说："遵命，叔叔！"她又在心头默念："帮爸爸要回铲子，帮妈妈送鸡蛋，帮爷爷买一团线，帮奶奶买红毛线，叔叔正等着鸡饲料。"

当米莉·茉莉·曼迪从墙上把帽子取下来的时候，正在客厅打扫卫生的婶婶叫住了她："是米莉·茉莉·曼迪在外面吗？亲爱的乖乖，你能帮我买一盒缝衣针回来吗？这是 1 便士！"

米莉·茉莉·曼迪回答说："遵命，婶婶！"她接过 1 便士，赶紧把接到的任务在心头复习一遍："帮

爸爸要回铲子,帮妈妈送鸡蛋,帮爷爷买一团线,帮奶奶买红毛线,叔叔正等着鸡饲料,婶婶要一盒缝衣针,我希望可别再增加东西了!"

幸好,这回没有人再喊米莉·茉莉·曼迪了,于是小姑娘出发啦!当她来到门口时,小狗托比高兴地扑了过来,它看上去兴奋极了,一定是想出去遛弯。不过,米莉·茉莉·曼迪一脸严肃地看了小狗一眼,说道:"帮爸爸要回铲子,帮妈妈送鸡蛋,帮爷爷买一团线,帮奶奶买红毛线,叔叔正等着鸡饲料,婶婶要一盒缝衣针。托比,你别再跟着我了,我的脑袋得记住好多事情哟,不过我答应你,等我一回来,就带你出去散步,好吗?"

米莉·茉莉·曼迪留下孤单又失望的小狗,沿着大路出发了。她手里拎着篮子,手心里捏着大家给的钱。

不一会儿,米莉·茉莉·曼迪碰到了一个小伙伴跟她打招呼:"米莉·茉莉·曼迪,你好呀!我刚得到一个新的跷跷板,快来跟我一起玩!"

可是米莉·茉莉·曼迪一脸严肃地看了她一眼,

说道:"帮爸爸要回铲子,帮妈妈送鸡蛋,帮爷爷买一团线,帮奶奶买红毛线,叔叔正等着鸡饲料,婶婶要一盒缝衣针。不不不,苏珊,我不能跟你一起玩,我好忙啊。不过等我把这些事情做完回来,再带着托比散完步以后,我非常愿意跟你一起玩。"

米莉·茉莉·曼迪带着她的篮子和钱,继续往前走。

很快,米莉·茉莉·曼迪就来到了莫格斯先生家。

"莫格斯太太,我可以把爸爸借给您家的铲子要回来吗?还有,这是妈妈让我给您送来的鸡蛋!"米莉说。

莫格斯太太满怀感激地接过鸡蛋,把铲子拿来交给米莉·茉莉·曼迪,还送给她一块香喷喷的糕饼。

米莉·茉莉·曼迪提着空篮子继续往前走。

很快,她就来到了下一站——玛金斯小姐的小店。

"玛金斯小姐,我要帮爷爷买一团线,还要帮奶奶买一团红毛线!"

玛金斯小姐将米莉要的线放进篮子里,接过爷爷

给的 1 便士和奶奶给的 6 便士。这下米莉·茉莉·曼迪还剩下 1 便士了，可是她怎么也想不起来这 1 便士是用来买什么的。

"是用来买糖果的吗？"玛金斯小姐问道，她一边说一边往货架上的玻璃瓶看。

但是米莉·茉莉·曼迪摇摇头。

"不是，这 1 便士也不可能是买鸡饲料的，因为 1 便士太少了，肯定买不来鸡饲料，那么，这 1 便士究竟是用来买什么的呢？"

"准是用来买糖果的。"玛金斯小姐说。

"我敢肯定不是，"米莉·茉莉·曼迪说，"我想我很快就能想起来的，祝您愉快，玛金斯小姐！"

于是米莉·茉莉·曼迪往布兰特先生的商店走去，把叔叔的口信带给了布兰特先生。

米莉·茉莉·曼迪坐在门口的台阶上，使劲儿地想那 1 便士的用途。

她怎么也想不起来。

但是她没忘记的是："那是婶婶给的钱，我爱婶婶。"

米莉·茉莉·曼迪又坐在门前想啊想啊，突然米莉跳了起来，跑回了玛金斯小姐的商店。

"我想起来啦！我要用这1便士帮婶婶买一盒缝衣针！"

玛金斯小姐把一盒缝衣针放进米莉的篮子里，接过了1便士。

米莉·茉莉·曼迪终于可以回家了。

米莉回到家的时候，正好赶上吃晚饭。

妈妈高兴地表扬了米莉。她说："你真是一个好邮差呢，能记住那么多的事情。我还以为你只是帮我送了鸡蛋呢！"

爸爸说："还帮我拿了铲子！"

爷爷说："还帮我买了线！"

奶奶说："还帮我买了红毛线！"

叔叔说："还有我的鸡饲料！"

婶婶说："还有我的缝衣针！"

他们全都笑了起来。

这时，爷爷把手伸进口袋，对米莉说："好的，现在还有最后一件差事要派给你，快去给自己买些糖

果吧!"

　　吃过晚饭,米莉·茉莉·曼迪带着托比愉快地散了步,也买到了糖果,还跟自己的好朋友苏珊一起玩了跷跷板的游戏。她们说说笑笑,一起吃美味的树莓糖。

　　米莉·茉莉·曼迪的这一天,过得好开心,好满足。

2

米莉·茉莉·曼迪的1便士

前几天，米莉·茉莉·曼迪在一件旧外套的口袋里发现了1便士。

米莉·茉莉·曼迪一下子觉得自己好富有。

她把可以买的东西都在头脑里想了一遍，她想到的东西实在是太多了，多到没办法选择到底该买什么（这都是钱惹的麻烦呀）。于是，米莉·茉莉·曼迪把和她一起住在小白屋里的家里人都问了个遍。她问他们，如果他们和自己一样，有了1便士，会怎么用呢？

"当然是存到银行里啰。"爷爷不假思索地回答道。他的观点是到银行开个账户，再存起来。米莉·茉莉·曼迪觉得这是一个好主意。

"可以买一束彩虹颜色的毛线，然后用它来学习编织。"正在厨房门口织毛线的奶奶说。米莉·茉莉·曼迪觉得这个主意也非常不错。

米莉·茉莉·曼迪在一件旧外套的口袋里发现了一便士。

"买些菜种子，让它们长成绿油油的生菜。"正在花园里干活的爸爸说。米莉·茉莉·曼迪觉得这个主意非常棒。

"可以买一个小烤锅回来烤蛋糕呀。"正在做饭的妈妈说。米莉·茉莉·曼迪觉得这是一个非常好的建议。

"你可以把它攒起来，等攒到 3 便士的时候，我就让你拿着这些钱去买一只小鸭子回来。"正在用玉米喂小鸡的叔叔说。米莉·茉莉·曼迪觉得这个提议简直太妙了。

"不如用来买糖果。"正忙着缝纫的婶婶说，她手里的活儿可一刻也没停下来。米莉·茉莉·曼迪觉得这个提议太让人开心了。

接着，米莉·茉莉·曼迪独自来到那个只属于她的花园角落里，她决定好好思考思考，因为她依旧拿不定主意，到底听谁的建议好呢？如何在这些美妙的事情当中做选择呢？米莉·茉莉·曼迪想啊想啊，想了很久很久。

正在读故事的亲爱的你，猜猜她最后买的是什

么呢？

米莉·茉莉·曼迪思考再三，决定用这1便士买回生菜种子。她把种子播撒在一个浅浅的花盆里，并把花盆放在工具房旁一个能晒到太阳的地方。

她每天都给种子浇水，如果阳光过于猛烈，还要给它们遮阴。

终于有一天，种子破土而出，长出一丛丛可爱的绿芽。只要一看到它们，你就不由得会充满食欲，真想拿块面包、涂点黄油，就着生菜一起吃呀！

很快，这些生菜就长大了。到了可以收割的时候，米莉·茉莉·曼迪就去找莫格斯太太——离米莉家不远的邻居，莫格斯太太常常会接待一些夏天来度假的客人。

"莫格斯太太,如果您需要一些生菜来给客人们做点心的话,我正好有一些要出售,我种的生菜肥肥嫩嫩,而且价格很便宜哦。"米莉·茉莉·曼迪说。

"哎呀,米莉·茉莉·曼迪,我正需要呢!它们现在可以收割了吗?"莫格斯太太问。

于是米莉·茉莉·曼迪赶紧跑回家,借来一把剪刀和一个小篮子,把那些新鲜诱人的生菜都剪了下来(当然,米莉还留了一点给自己),然后,很快就送到了莫格斯太太的家里。

莫格斯太太为这些新鲜诱人的生菜支付了2便士,她把钱递给了米莉·茉莉·曼迪。

这样的话,米莉·茉莉·曼迪就用1便士买了第一件东西——生菜种子,并用种好的生菜换回了2便士。这真是一次不错的交易!

接着,米莉·茉莉·曼迪来到村里的小商店,用1便士买了一束美丽的彩虹色毛线。

米莉·茉莉·曼迪一回到家,就问道:"亲爱的奶奶,您愿不愿意教我编织套在茶壶上的防烫毛线套呀?"

奶奶找来几根毛衣针，开始教米莉·茉莉·曼迪编织的方法。刚开始的时候，米莉·茉莉·曼迪失败了好多次，但是她终于织成了一个漂亮的茶壶套，而且刚好把买来的毛线用完。

　　米莉·茉莉·曼迪在套子的一角织好一条环带，以方便挂取。最后这个步骤一结束，米莉·茉莉·曼迪就去找妈妈。此时，妈妈正在炸土豆片。

　　"妈妈，看我织的茶壶套，你觉得值不值1便士呀？"米莉·茉莉·曼迪问妈妈。

　　"当然值了，米莉·茉莉·曼迪，我正缺这个呢，你看，旧套子已经磨坏了，全都是破洞！可是1便士只够买毛线的钱，所以你辛辛苦苦忙活了半天，真是送了妈妈一件好礼物。"于是妈妈给了米莉·茉莉·曼迪1便士，还有一个甜蜜的吻。米莉·茉莉·曼迪觉得好满足。

　　这样的话，米莉·茉莉·曼迪用1便士又做了一件很有意义的事情。她花掉了1便士，却学会了编织，而且又赚回了1便士。

　　接着米莉·茉莉·曼迪拿着1便士，来到村子里的小商店，买了一个崭新铮亮的小烤锅。到了烘焙日那天，妈妈教米莉·茉莉·曼迪用小烤锅做了一个小蛋糕，然后把烤锅放进了烤炉里。那是一个多么漂亮的小蛋糕呀，颜色焦黄焦黄的，看到它的人都爱不释手，不忍心吃掉它。

米莉·茉莉·曼迪把蛋糕拿到窗台上，让它渐渐变凉。

过了一会儿，有位女士骑着自行车来了。那天天气很热，她在白色小茅屋门前停了下来，向米莉的妈妈要了一杯牛奶。她喝牛奶的时候，正好看到了窗台上的小蛋糕。小蛋糕看上去好诱人，骑自行车的女士立刻觉得自己的肚子好饿，她问米莉的妈妈可不可以再来一块蛋糕。

米莉·茉莉·曼迪的妈妈把目光转向小米莉。米莉咽了咽口水，忍着馋，回答道："是的，可以。"于是，那位女士狼吞虎咽地吃掉了小蛋糕。她好喜欢这块美味的小蛋糕哦！

当这位女士离开后，妈妈把她放在桌上的钱拿了起来，这些钱是支付牛奶和蛋糕的费用。妈妈给了米

莉 1 便士，因为小蛋糕是米莉做的呀。

这样的话，米莉·茉莉·曼迪用 1 便士又做了另一件有意义的事情，她的钱一点也没变少。

然后，米莉·茉莉·曼迪又拿着 1 便士来到村里的小商店，她买了一些糖果，是又大又可爱的茴香糖球哦，当你吮吸糖球的时候，它的口味还会不停地变换，太奇妙了。

米莉·茉莉·曼迪回到家的时候，连一颗糖球都还没吃完。她分给爷爷一颗、奶奶一颗、爸爸一颗、妈妈一颗、叔叔一颗、婶婶一颗，自己还剩下 6 颗咧。米莉·茉莉·曼迪一颗一颗地吃掉了它们。好香甜哦！

这样的话，米莉·茉莉·曼迪又用 1 便士做了另一件有意义的事情，她花掉了 1 便士，但是她还剩下 1 便士呢，就是卖生菜赚的钱哦。

于是，米莉·茉莉·曼迪来到爷爷跟前，请他帮自己把这 1 便士放进银行存起来。

她又来到叔叔面前，说："叔叔，我用 1 便士把你们每一个人说的事情都做完了，就剩你说的了。尽管我现在的钱还不够买一只小鸭子,不过我已经在银行存了1便士,很快我就能实现你的提议了。"

没过多久,米莉·茉莉·曼迪果真就攒齐了3个便士,叔叔也实践了自己的诺言,让米莉·茉莉·曼迪拥有了一只属于她自己的小鸭子。

3

米莉·茉莉·曼迪的大姨奶奶

很久以前,在一个晴好的夜晚,米莉·茉莉·曼迪和爸爸、妈妈、爷爷、奶奶、叔叔、婶婶坐在一起共进晚餐(给大人们准备的是黄油面包配奶酪,给米莉·茉莉·曼迪准备的是白面包和牛奶,另外,还有烤苹果和热可可是给所有人准备的)。突然,传来了邦邦邦的敲门声。有人在敲门!

"米莉·茉莉·曼迪,快去开门,准是邮递员来了!"妈妈说。

米莉·茉莉·曼迪从椅子上跳了下来,飞快地跑去开门,取回了一封信,那封信是写给妈妈的。接着,米莉·茉莉·曼迪又爬上椅子,每个人都饶有兴趣地盯着妈妈手中的信,期待她快快打开。

信是一个把妈妈称呼为"亲爱的波丽"的人写来的,信中交代有人即将来米莉家叨扰数日。来信的最后,署名是"挚爱你的玛格丽特姨妈"。

突然传来了邦邦的敲门声。有人在敲门!

爸爸、妈妈、爷爷、奶奶、叔叔和婶婶都非常开心,米莉·茉莉·曼迪也非常开心,尽管她不知道要来的是谁。直到奶奶告诉她说:"玛格丽特是我的姐姐,也是你的大姨奶奶,她就要来做客啦。"米莉·茉莉·曼迪立刻对这个大姨奶奶充满了好奇。

"她是我的大姨奶奶,也就是您的姐姐吗?"米莉·茉莉·曼迪问奶奶。

"是的,她也是我的大姨子哦。"爷爷说。

"她是我的姨妈哦。"妈妈说。

"也是我的姨妈。"爸爸说。

"她还是我的姨妈。"婶婶说。

"还是我的姨妈呢。"叔叔说。

"太奇妙了!她有这么多的称谓,她还是我的'超级大的姨奶奶'呢!我好想快点看到她呀!"

第二天,米莉·茉莉·曼迪和妈妈一起,在家里一间闲置的房间里给大姨奶奶铺床。

"这间空房要是再大一点就好了。"妈妈说。

米莉·茉莉·曼迪认真地端详四周，心想这个房间对一个超级大的姨奶奶来说，确实显得小了一点。虽然如此，米莉·茉莉·曼迪还是跑到她自己的小花园里，采来很多金盏花，把它们插在五斗橱上的花瓶里。因为她知道，这个小房间虽然容纳一个"超级大姨奶奶"显得很拥挤，但是对于满满的爱意，这里还有无限的容纳空间。

米莉·茉莉·曼迪又帮爸爸把一把大扶手椅搬进给大姨奶奶准备的房间。那把大扶手椅原来一直放在客厅里，全家人都特别喜欢坐。米莉·茉莉·曼迪非常高兴，因为这把椅子是那么的大，和"超级大姨奶奶"特别般配。

妈妈开始烤蛋糕。蛋糕的品种很丰富，有一些大大的水果蛋糕、一些小小的茴香蛋糕和一些小松糕，还有一些杂七杂八的小点心。米莉·茉莉·曼迪一直在旁边给妈妈当小帮手，还帮妈妈清洗锅碗和勺子。她看到妈妈准备了这么多的好吃的，心想一个超级大姨奶奶的胃口必定就是这么大。

最后一个碗洗完以后,米莉·茉莉·曼迪立刻冲出家门,准备把超级大姨奶奶就要到来的消息告诉自己的小伙伴苏珊。

苏珊正爬上街沿边玩,她一看到米莉·茉莉·曼迪,就赶紧跳了下来。

"噢,苏珊!"米莉·茉莉·曼迪叫道,"你认识我的奶奶吗?"

"那当然!"苏珊说。

"好的,不过她只是一个普通的奶奶,我还有个超级大姨奶奶就要来和我们一起住啦。"

苏珊是米莉最好的朋友,她和米莉·茉莉·曼迪一样,对超级大姨奶奶无比好奇,所以两人很快就约好第二天一早到米莉·茉莉·曼迪家的花园来玩,这样的话,苏珊就能亲眼看到"超级大的玛格丽特姨奶奶"了。

之后,米莉·茉莉·曼迪就回家吃晚饭了。

吃完晚饭以后,妈妈、奶奶、婶婶和米莉·茉莉·曼迪匆匆洗过碗,开始收拾房间。等到她们把房间收拾得整整齐齐,并且全家人都换好衣服,爸爸则给小马套马鞍,准备出发去车站迎接大姨奶奶。

米莉·茉莉·曼迪穿着干净的裙子,不停地跑到大门口张望,想看看小马车回来没有。

盼望着,盼望着,激动人心的时刻到来了,米莉·茉莉·曼迪冲进家中,兴奋得又蹦又跳。紧接着,她又冲出家门,箭一般跑到大门口,把门大大地打开,准备迎接玛格丽特姨奶奶。

马儿一路小跑,在门前停住脚步,爸爸先下了车,接着他把玛格丽特大姨奶奶的大篮子搬下车,并把老奶奶从车上搀扶下来。

你猜一猜玛格丽特大姨奶奶长得什么样?

她是一个个子小小、脸也小小、一头白发、脸颊红扑扑的老奶奶,头戴一顶黑色的小软帽,身穿一套印着淡紫色小花的裙子。

这太出乎米莉·茉莉·曼迪的预料了，她以为大姨奶奶一定长得非常高大呢，所以米莉·茉莉·曼迪惊讶极了，她现在惟一能做的就是告诫自己要注意礼仪，不能使劲盯着大姨奶奶看。

玛格丽特大姨奶奶来到自己的房间，很快就在那把大扶手椅上坐了下来。米莉·茉莉·曼迪原以为这把椅子不够大姨奶奶坐，谁知大姨奶奶一坐进去，里面还是空荡荡的，就连米莉·茉莉·曼迪的位置都还有呢。妈妈准备好的大水果蛋糕、小茴香蛋糕、小松糕以及其他的食物，大姨奶奶哪里吃得完，全家人吃都还绰绰有余呢！

之前大家还觉得留给大姨奶奶住的房间太小，但现在看来却一点也不小，因为玛格丽特大姨奶奶实在是一位好迷你的小老太太哟，一点也不占地儿。

当玛格丽特大姨奶奶看到五斗橱上放着的花儿，她温柔地说道："哎呀！米莉森特·玛格丽特·阿曼达，我猜那一定是你的杰作！谢谢你，我可爱的小宝贝！"

"噢！玛格丽特大姨奶奶！我好喜欢您，我是否可以在今天晚上把您介绍给我的朋友苏珊,她一定也迫不及待地想见您!"米莉·茉莉·曼迪一边说,一边踮起脚尖去亲吻大姨奶奶。

4

米莉·茉莉·曼迪摘黑莓

很久以前的一天,米莉·茉莉·曼迪在去学校的路边发现了一些好大好大的黑莓。它们都已经熟透了,其中的六颗又大又漂亮,另外一颗小的还有点硬。米莉·茉莉·曼迪把那颗还有点硬的小黑莓扔进自己嘴巴里,其余的六颗则包在树叶里带回了家。

米莉·茉莉·曼迪递给爸爸一颗黑莓,爸爸说:"啊哈!这让我觉得做黑莓布丁的时节到来了!"

米莉·茉莉·曼迪又喂了妈妈一颗黑莓,问妈妈这让她想到了什么。

妈妈回答说:"一排装满黑莓果酱的瓶子整整齐齐地摆放在我的橱柜里!"

接着，米莉·茉莉·曼迪又给了爷爷一颗黑莓，爷爷说这让他想起了黑莓馅饼！

而奶奶则说："黑莓果冻！"

叔叔说："黑莓苹果乱炖！"

婶婶说："一盘撒上糖和奶油的黑莓沙拉！"

"哎呀！"米莉·茉莉·曼迪听完大家的七嘴八舌，将手中的叶子一扔，说道："等到下周六，我一定要带上一个很大很大的篮子去采黑莓，这样就能做很多的布丁、果酱、馅饼、果冻、黑莓苹果乱炖，还可以有新鲜的黑莓沙拉吃。爸爸、妈妈、爷爷、奶奶、叔叔、婶婶，当然还有我的愿望就都能满足啦。我要叫上苏珊跟我一起去！"

第二周的星期六到了，米莉·茉莉·曼迪和她的好朋友苏珊拎着大大的篮子（用来装黑莓）、带着勾棍（用来扒开荆棘丛劈出道路）、穿着步行靴（踩到刺也不怕）、旧的连衣裙（刺划破也不要紧）出发啦。她们走啊走啊，终于来到了长着黑莓树的秘密基地，在那里总能发现很多黑莓果，当然必须得在黑莓成熟的季节去才行呀。

第二周的星期六到了，米莉·莱莉·曼迪和她的好朋友苏珊出发了。

可是当她们来到这里的时候，噢，天哪！她们看到一块警示牌立在栅栏的空隙处。警示牌上的文字简单明了，是这么写的：

擅自闯入者将被重罚

米莉·茉莉·曼迪和她的好朋友苏珊知道这句话的意思是：你不能进入这里，因为这里是别人的领地，他不希望你随意进出这个地方。

米莉·茉莉·曼迪和苏珊都看了看对方，表情顿时严肃起来。

米莉·茉莉·曼迪说："我觉得不会有人发现我们溜进去的。"

而苏珊则说："但我觉得他们不想失去哪怕是一颗黑莓。"

米莉·茉莉·曼迪也说："闯进去是不对的。"

小伙伴苏珊也使劲摇了摇头。

于是她们拿起篮子和棍子离开了，并使劲安慰自己不要伤心，毕竟她们走了那么远的路才到达了这个

地方。

接下来,两个好朋友不知道该做什么了,因为四周再也找不到黑莓。于是她们为了寻开心,就跳进围栏旁边没有水的小沟里面,因为她们穿着可以防刺的小短靴,所以拖着脚慢慢地走在铺满树叶的小沟里也没关系。

突然——你猜她们看到了什么?在她们前面,水沟的草丛里出现了一个棕色的小绒毛球。

"是只兔子吗?"米莉·茉莉·曼迪小声说道。

"为什么它不逃走?"小伙伴苏珊一边抚摸小绒毛球,一边说。小绒球蠕动着身体,米莉·茉莉·曼迪也过来摸摸它,小绒球又动了一下。

接着米莉·茉莉·曼迪说道:"我猜它一定是把头卡在洞里了。"

两个好朋友观察了一下,事情果真如此呢。

肯定是小兔子在挖洞的时候,泥土塌了下来,压在了小兔子的身上,把它的头给卡在了洞里面。

于是米莉·茉莉·曼迪和小伙伴苏珊细心地用手指挖开小兔子周围的泥土。当小兔子的头终于从洞里松开的时候，它使劲地摇着耳朵，盯着两个好朋友看呢。

米莉·茉莉·曼迪和小伙伴苏珊静静地坐在那里，微笑着，轻轻地点着头，示意小兔子不用害怕，因为她们很爱它。

小兔子转过头去，一蹦一跳地沿着水沟往前跑，接着跳上了堤岸，钻进树林里不见了。

"噢！"米莉·茉莉·曼迪说，"我们一直想要一只兔子，现在我们终于有了，苏珊！"

"只不过，我们希望小兔子能够在田野里和它的兄弟姐妹自由玩耍，而不是被关在一个小笼子里面。"小伙伴苏珊说。

"如果不是我们去不了那片黑莓地，我们永远也不会来到这儿遇到我们的小兔子。"米莉·茉莉·曼迪说，"我宁愿要一只小兔子，也不愿意拥有一整片的黑莓地。"

当她们回到那幢盖着茅草屋顶的白色小茅

屋——也就是米莉·茉莉·曼迪的家时，爸爸妈妈、爷爷奶奶、叔叔婶婶都说他们也希望拥有一只在树林里自由奔跑的小兔子，觉得那比摘到世界上所有的黑莓还要好呢。

不过，到了第二个星期六，米莉·茉莉·曼迪和小伙伴苏珊还是找到了一个摘黑莓的好地方，那里没有任何的警示牌。米莉·茉莉·曼迪摘了好大一篮黑莓，多到足够用来给爸爸妈妈、爷爷奶奶、叔叔婶婶和米莉·茉莉·曼迪自己制作黑莓布丁、黑莓果酱、黑莓馅饼、黑莓果冻、黑莓苹果乱炖，以及可以吃上好几天的新鲜美味的黑莓果沙拉。

而小兔子呢，人们随时都能看到它在树林里跳来跳去，仿佛在说，这个世界是多么美好呀！（这是一个完全真实的故事哟！）

5

米莉·茉莉·曼迪参加聚会

很久很久以前,在米莉·茉莉·曼迪和爸爸妈妈、爷爷奶奶、叔叔婶婶居住的村子里,发生了一件非常美好的事情。几位女士一起商量要给村里所有的小孩举办一场晚会,当然啰,米莉·茉莉·曼迪也被邀请了。

小伙伴苏珊也接到了邀请,还有比利·布兰特(他的爸爸开着一家谷物商店,米莉·茉莉·曼迪的叔叔就是在那里买鸡饲料的)、吉莉(玛金斯小姐的侄女,玛金斯小姐开的是一个杂货商店,米莉·茉

莉·曼迪的奶奶就是从她那里买的织毛衣的毛线），以及其他很多米莉·茉莉·曼迪认识的小孩都被邀请了。

真令人激动！

米莉·茉莉·曼迪还从来没参加过真正的聚会呢，妈妈说："好吧，米莉·茉莉·曼迪，既然你要参加这样的聚会，就必须拥有一套像样的新礼裙，我们必须想一想怎么给你做条新礼裙。"米莉·茉莉·曼迪一听，心里又开心又激动，还充满好奇和向往。

于是，妈妈、奶奶和婶婶凑在一起商量了一会儿，接着妈妈去她的大衣柜最下面的一个抽屉里翻来找去，最后找出来一条非常漂亮的白色丝绸披巾，这是她嫁给爸爸时披在肩上的呢，而且这条披巾足够宽，给米莉·茉莉·曼迪做条聚会用的礼裙绰绰有余。

奶奶则从她最好的手帕盒里拿出一条最最漂亮的手帕，可以把它裁来制作裙子的小衣领。

婶婶从她最上面的小抽屉里找出一条最最漂亮的粉色丝带，闻上去还有薰衣草的香味。这条丝带用来做小礼裙的腰带,那是再好不过了。

妈妈和婶婶开始缝裙子了,她们裁呀、剪呀、缝呀,米莉·茉莉·曼迪则忙上忙下、蹦蹦跳跳地给她们递一递针头线脑。

第二天,爸爸走了进来,他的外衣口袋里塞着一个送给米莉·茉莉·曼迪的纸包。当米莉·茉莉·曼迪打开包裹一看,发现里面装着一双世界上最漂亮的小红鞋!

当爷爷进屋时,他握紧拳头,把手伸到米莉·茉莉·曼迪面前。当米莉·茉莉·曼迪一个个掰开爷爷的手指时,看到爷爷掌心里放着的是一小串漂亮极了的珊瑚项链。

当叔叔回来时,对米莉·茉莉·曼迪说:"我的手帕去哪儿了?"他在衣服口袋里翻来找去。"噢,找到了!"这时,他从包里摸出来一条特别漂亮的粉红镶边的小手帕来,米莉·茉莉·曼迪当然知道这手帕对她来说意味着什么。当叔叔假装要用手帕擤鼻涕的时候,她可不能让叔叔的鼻子碰到它!

米莉·茉莉·曼迪好开心哦,她轮流拥抱了每一

全家人为米莉・茉莉・曼迪参加聚会而忙碌。

个亲人——爸爸、妈妈、爷爷、奶奶、叔叔和婶婶。

伟大的那一天终于来临了，穿着波点裙、戴着银手镯的小伙伴苏珊来了，她约米莉·茉莉·曼迪一起去村委会——聚会将在那里举行。

有一位女士已经早早地在门口迎候她们，房间里还有一位女士帮她们脱下外衣。到处都布置得漂亮精致，五彩纸做成的花环一串一串地从天花板上垂下来，每个人都穿着自己最好的衣服。

很多孩子都把眼光聚焦在壁炉架上摆着的那排玩具上，一位女士告诉大家那些全是聚会的奖品，是发给那些在即将开始的游戏里，拿到最高分的孩子们的奖励。那些玩具是：可爱的金发洋娃娃、大大的泰迪熊、图画书和诸如此类的东西。

这排玩具的最后面，是一只好可爱的白色棉毛兔，头上还戴着一顶尖尖帽。米莉·茉莉·曼迪第一眼看到这只兔子就爱得不得了，其他玩具再也不放在眼里了。

小伙伴苏珊最想要的则是图画书，玛金斯小姐的侄女吉莉最喜欢的是金发洋娃娃，那只长着黑眼珠的

棉毛兔子惟独深深地吸引了米莉·茉莉·曼迪,她下定决心要在游戏里拼尽全力赢得它。

接着,游戏开始了。这些游戏可好玩了!有勺子舀土豆跑步比赛、听音乐抢座位游戏,还有蒙眼抓尾巴游戏以及其他猜谜游戏。

游戏结束后,他们开始享用晚餐——装饰着成百上千颗彩色糖珠的奶油面包、红色果冻、黄色果冻、糖霜蛋糕、樱桃蛋糕,以及红色玻璃杯装着的柠檬水。

这是一个真正的聚会。

聚会的最后一个项目就是宣布比赛获奖者,被念到名字的孩子就要走到前台领奖。

你猜猜米莉·茉莉·曼迪赢得的奖品是什么?

哎呀，她每个游戏都玩得可卖力了，因此她赢得了头奖——可爱的金发洋娃娃！可惜玛金斯小姐的侄女吉莉什么比赛都没赢，只得到了那只长着忧伤的黑眼珠的小小棉毛兔。你知道吗，游戏最后一名得到的鼓励奖就是小兔子。

尽管金发洋娃娃非常可爱，可是米莉·茉莉·曼迪敢肯定吉莉压根就不喜欢小兔子，因为它的黑眼珠看上去如此忧伤。当米莉·茉莉·曼迪走近吉莉的时候，她抚摸着吉莉手里的小兔子，而吉莉也充满爱意地抚摸着金发洋娃娃。

于是米莉·茉莉·曼迪说："比起小兔子，你是不是更喜欢金发洋娃娃呀？"

玛金斯小姐的侄女吉莉说道："我的确是这么想的。"

于是米莉·茉莉·曼迪走到那位发放奖品的女士身边，问她可不可以跟吉莉交换奖品，这位女士很肯定地回答说："当然可以。"

于是米莉·茉莉·曼迪带着小兔子回到了家，爸爸妈妈、爷爷奶奶和叔叔婶婶都好喜欢这只小兔子，

尽管它只是个鼓励奖。

你知道吗,有一天小兔子的黑眼珠掉了一个,妈妈用胶水把眼珠粘了上去,好神奇的事情发生了,小兔子的眼睛看上去不再忧伤,而是跟米莉·茉莉·曼迪的眼睛一样充满了快乐呢!

6

米莉·茉莉·曼迪的愉快拜访

很久很久以前，妈妈的一个老朋友邀请米莉·茉莉·曼迪去她们家玩，这位老朋友的家就在附近的一个镇上。叔叔打算星期六早晨赶着马车去集市的时候顺道把米莉·茉莉·曼迪捎过去，星期天晚上再把她带回家。这样的话，米莉·茉莉·曼迪将独自在外度过一个晚上，这事想想都叫人激动不已。不过就在临出门的头两天，妈妈收到了朋友的来信，信上说她感到非常抱歉，不能邀请米莉·茉莉·曼迪去她们家玩了，因为她的儿子和儿媳突然来拜访她。

米莉·茉莉·曼迪使劲安慰自己不要伤心失望。因为她之前还从来没有独自离开过家，所以她原本是那么强烈地盼望着这次拜访。

"没关系，米莉·茉莉·曼迪，"星期六的早晨，妈妈安慰道，因为她看到米莉·茉莉·曼迪下来吃早餐的时候，脸上露出闷闷不乐的表情，"如果你睁大

眼睛,就总能发现生活中美好的事物。"

米莉·茉莉·曼迪小声地说:"是的,妈妈。"她找个座位坐下来,可心里还是觉得再没有什么事情能比独自离开家去做客更好的了。

当一家人——爸爸妈妈、爷爷奶奶、叔叔婶婶和米莉·茉莉·曼迪一起吃着早餐的时候,莫格斯太太,也就是小伙伴苏珊的妈妈来了。她慌慌张张的,连帽子都忘了戴。她告诉米莉·茉莉·曼迪一家,她有几个朋友要坐着马车去镇上做生意,车上有个空位可以留给她。因为莫格斯太太的妈妈住在镇上,所以莫格斯太太觉得这是个去探望她妈妈的好机会。可是她又不想留苏珊一个人独自在家里,因为莫格斯先生外出工作去了。

于是米莉·茉莉·曼迪的妈妈赶紧说:"让她到我们家来吧,莫格斯太太,米莉·茉莉·曼迪一定很欢迎她来呢,我想你回来时一定很晚了,所以不如让她就在我们家过夜吧。"

米莉·茉莉·曼迪高兴极了,莫格斯太太也感激得不得了,大家都祝福莫格斯太太旅途愉快,接着莫格斯太太就回家准备去了。

"苏珊睡在哪个房间呢？空着的那间吗？"米莉·茉莉·曼迪问完，三口两口就吃完了早餐。

"对啊，"妈妈说，"你最好也睡那个房间，正好跟苏珊搭个伴。"

米莉·茉莉·曼迪一听，高兴极了，正中下怀，因为她还从来没在那个空房间里睡过，她的小床一直都放在爸爸妈妈房间的一个角落里。

"哎呀，妈妈！"她说，"虽然我不能去别人家做客，但是苏珊来我们家拜访，我还是可以享受客人来访的乐趣，不是吗？这两件事同样让人开心呢！"

接着，米莉·茉莉·曼迪帮着妈妈收拾早餐用过的碗碟、给客人铺床、打扫空房间。

米莉·茉莉·曼迪朝窗外看去，一想到明天一早苏珊将看到窗外的景色不同往常，她的心里就很高兴。这时，她看到了小伙伴苏珊正独自一人艰难地走来，她一只胳膊挎着一个篮子，一只胳膊上则搭着她的外套。米莉·茉莉·曼迪见状赶紧跑下楼，在门口欢迎苏珊的到来。

虽然米莉·茉莉·曼迪和小伙伴苏珊几乎天天都见面，有时候她们还会一整个白天都待在一起，但是一起度过一整夜的感觉让她们别提有多新鲜了，所以她们忍不住互相亲吻，又抱又跳！

米莉·茉莉·曼迪带着苏珊去见妈妈，然后她们上楼去那间空房里，帮苏珊把装在篮子里的行李取出来。

她们把苏珊的睡衣、刷子、梳子、牙刷和拖鞋摆放完毕，接着两人商量谁睡在床的里边——她们高兴地发现自己喜欢睡的那一边正好都是对方不喜欢的，而米莉·茉莉·曼迪当然也很有礼貌地让小伙伴苏珊先来选。

接着，米莉·茉莉·曼迪带着小伙伴苏珊逛了逛房间，让她参观了放在梳妆台上的胖乎乎的丝绸针插、婶婶涂过颜色的梳子、放在橱柜上的小饰品——一只长着长毛的陶瓷狗和一个画有蕾丝裙边的瓷娃娃。

当她们端详爸爸结婚前给妈妈精雕细刻的那些木架子时，婶婶跑上来告诉她们叔叔马上要驾车去赶集，如果她们动作快一点，可以跟着叔叔一起去。

米莉·茉莉·曼迪帮苏珊把装在篮子里的行李取出来。

于是两个好朋友飞快地穿上外套,戴上帽子。米莉·茉莉·曼迪跑到妈妈面前,小声地问她是不是可以从钱盒子里拿1便士给自己。很快她们就上了马车,坐在了叔叔身边,那匹名叫亮脚趾的棕色小马沿着白色的小路一直向前小跑而去。

小伙伴苏珊不常坐马车,米莉·茉莉·曼迪倒是经常坐。不过这次不同以往,米莉·茉莉·曼迪特别开心,因为小伙伴苏珊坐在马车上,她对周围的事物感到新鲜好奇,开心得不得了。

当她们的马车穿过村庄的时候,看到比利·布兰特正在他父亲的谷物商店外面玩打陀螺。她们朝着他招招手，他也冲她们招招手。当马车继续前进时，她们看到玛金斯小姐的侄女吉莉正在人行道上推着她的娃娃车玩。吉莉冲着她们喊："你好，米莉·茉莉·曼迪！你好，苏珊！"

之后，马车沿着马路驶入一片谷物地里。那里，嫩绿的小麦正在努力生长，它们即将成为制作大面包的原材料。所以即便你看到一棵美丽的金盏花，也不要轻易走进正在生长的麦田里，不然就会打扰到它们的安静生长。

她们到达镇上，看到四周拥挤的人群正大声叫卖着自己带来的商品。米莉·茉莉·曼迪和小伙伴苏珊跟着叔叔来到市场上，目不转睛地盯着成堆的水果、糖果、书籍、鱼、衣服和各式各样的商品。

米莉·茉莉·曼迪花了1便士给小伙伴苏珊买了一个大大的黄色棒棒糖，苏珊把糖平分成了两半，一半递给米莉·茉莉·曼迪。

当叔叔办完事情以后，就带着她们去吃午饭。那个餐厅里全部的桌子都是大理石桌面，所以只有轻轻地把玻璃杯放在桌上，才不会发出尖厉的噪声。这里

吃饭的人很多,他们大声地说着话,杯子和盘子相互碰撞发出响声,真是令人激动。小伙伴苏珊度过了一个好棒的假日。

当他们吃完饭,叔叔付账后就带着她们回到了停马车的地方,在那儿,亮脚趾正在大口地咀嚼着饲料袋里的草料,耐心地等待着他们。他们再次坐上马车踏上归途,马蹄声咯哒咯哒,叔叔满载的货物在椅子下面叮当作响。

当她们就要到家时,她们产生了一种奇怪的感觉。米莉·茉莉·曼迪和小伙伴苏珊在经过莫格斯太太家的小木屋时,觉得很不习惯,因为以往她们总是在这里停下脚步并互相道别。而这一次,在到达那幢盖着稻草屋顶的白色小茅屋之前,她们都紧紧握着彼此的双手,心里快乐无比。

睡觉之前,她们一起洗澡,就像一对亲姐妹。接着,米莉·茉莉·曼迪穿上她的红色睡袍,小伙伴苏珊裹上奶奶的红色披肩,一起坐在火炉边的小凳子上(小狗托比坐在一旁,小猫托茜则蜷在另一旁),妈妈给她们两人各做了一个土豆盒子作为晚餐。

妈妈是这么做的：首先将土豆放在烤箱里烤好，接着从顶部切开，但是没有完全切断。接着她把烤熟的土豆从皮里舀出来，加上盐、胡椒和许多奶油后捣成泥。之后把捣好的土豆泥放回土豆皮中，最后把盖子盖上，一个土豆盒子就做成功了。

米莉·茉莉·曼迪和小伙伴苏珊还喝了一大罐牛奶，吃了一大盘奶油面包。她们一起打开土豆盒子的盖子，用小勺子一勺一勺地把里面的土豆泥舀出来吃光。

她们好享受这样美味可口的晚餐哟！

最后一点食物吃完的时候，妈妈说："现在，你们两个该睡觉啦，我在你们的房间点燃了一支蜡烛，

十分钟后我会去把蜡烛拿出来。"

　　于是米莉·茉莉·曼迪和小伙伴苏珊一起，跟爸爸妈妈、爷爷奶奶、叔叔婶婶一一亲吻，互道晚安，并亲昵地抚摸着小狗托比和小猫托茜。然后两个好朋友就上楼睡觉去了，一路蹦蹦跳跳。她们太开心了，因为两个人终于可以一起在那间空房间里睡觉了。

　　第二天，当莫格斯太太回来时，跟大家分享了她这次愉快的旅程，顺便来接回苏珊。米莉·茉莉·曼迪说："莫格斯太太，太感谢您了，谢谢苏珊的这次拜访，我真的好喜欢、好开心呀！"

7

米莉·茉莉·曼迪做园艺

很久很久以前,在一个星期六的清晨,米莉·茉莉·曼迪要到村子里去,她要去布兰特先生家的谷物商店里,替叔叔买一大堆东西。她问道:"布兰特先生,您乐意把我买的东西在星期一按时送给我叔叔吗?"

布兰特先生回答道:"当然没问题!告诉你叔叔,星期——早我做的第一件事就是给他准时送货。"

米莉·茉莉·曼迪特别喜欢谷物商店的气味。她攀上那些装满谷物的箱子往里面看呀看,有时还把手插进玉米、米糠、燕麦里,让它们从自己的指缝里滑落。玩了一会儿后,她跟布兰特先生道了再见,走出了商店。

谷物商店一旁是布兰特先生家的小花园,当米莉·茉莉·曼迪路过这里的时候,她看到比利·布兰特正站在围篱里。他背对着自己,正弯着腰在那里忙

碌着。

比利·布兰特比米莉·茉莉·曼迪年纪要大一点，不过米莉·茉莉·曼迪并不算特别了解他。

米莉·茉莉·曼迪透过围篱，冲着里面喊道："比利，你好！"

比利·布兰特冲着四周张望片刻才看到米莉，他说："你好！"接着又转过身继续忙活自己的了。

他这次没有说"你好，米莉·茉莉·曼迪！"，也没有笑一笑。于是米莉·茉莉·曼迪攀上围篱，越过围篱的顶端冲里面使劲瞧。

"你怎么啦？"米莉·茉莉·曼迪问道。

比利·布兰特转过身来，面色沮丧地说："没怎么，只是我得把房子右边花圃里的杂草全部除掉。"

"我倒是不介意来帮你一起除草。"米莉·茉莉·曼迪说。

"哈！那你来试试，我想看你会怎么做！"比利·布兰特说，"土地硬得跟铁板似的，杂草的根就像长了一英里长。"

米莉·茉莉·曼迪不太确定这句话算不算邀请，

米莉·茉莉·曼迪攀上围篱，越过围篱的顶端冲里面使劲瞧。

可是她就当这是比利在邀请她。于是她推开那扇白色的栅栏门，走进了布兰特先生家的花园。

这是个美丽的花园，到处都洋溢着桂竹花的香气。

比利·布兰特说："给你一把园艺叉。"米莉·茉莉·曼迪接过园艺叉，开始在花圃的另一头工作起来。花圃的四周，是一条用小砖砌成的小径，两人一起开始挖杂草。

不一会儿，米莉·茉莉·曼迪说："当你翻土的时候，有没有闻到泥土的清香？"

比利·布兰特说："是吗？嗯，好像是的。"接着他们继续除草。

又过了一会儿，米莉·茉莉·曼迪从三色堇花丛

中拔出一大把杂草,问道:"既然你不喜欢拔杂草,那你干吗要在这儿做这个工作呢?"

正在拔一株蒲公英根的比利·布兰特咕哝道:"爸爸说我必须让自己变得有用才行。"

"真是一样啊。"米莉·茉莉·曼迪说,"我妈妈也常说,如果不让自己变得有用,就像苹果树不结苹果了。"

"哈!"比利·布兰特说道,"可笑的想法,让我们结果子!才不要那样呢!"说完,他们继续拔杂草。

不一会儿,米莉·茉莉·曼迪又问道:"为什么草坪上有那么多的小坑?"

"因为爸爸把蒲公英给挖走了。"比利·布兰特说,"他想让花园变得漂亮整齐。"

接着,米莉·茉莉·曼迪又说:"这儿有许多草,但它们并不适合生长在花圃里,不如用它们去填那些草坪上的小坑。"

"嗯!"比利·布兰特说,"那样的话,我们就能把草坪变得像花圃一样整齐了,说干就干!"

于是两人开始挖起来。他们把泥土翻松,挖出不应该长在此处的草,再把所有的杂草扔到一边,堆积起来统一烧掉。有用的草坪草则小心地种在草坪上。过了一会儿,花圃变得又漂亮又整齐,而草坪也几乎看不到一点秃着的地方了。

后来,布兰特先生从店里出来,沿着小径走了过来。他一只手拿着一罐绿色的颜料,另一只手则拿着一把刷子,他把手伸进篱笆,把颜料和刷子放在了草坪上的雏菊花丛之中。

"你好呀,米莉·茉莉·曼迪!"布兰特先生说,"我还以为你早就回家了呢。哎呀,你们俩把花圃收拾得真不错。比利,我打算粉刷一下水桶和碾草机的手柄,也许你愿意帮我这个忙,是吗?不过你得先用砂纸把上面的铁锈给擦掉才行。"

比利·布兰特和米莉·茉莉·曼迪看上去都一副跃跃欲试的模样。

比利·布兰特说:"非常愿意,爸爸!"米莉·茉莉·曼迪则饶有兴致地盯着绿色的颜料罐和花园里的碾草机。这时,她知道晚饭时间就要到了,她必须赶紧回家,不然的话,爸爸妈妈、爷爷奶奶和叔叔婶婶就会担心她。于是她把园艺叉还给比利·布兰特,然后朝着花园的围篱门口慢吞吞地走过去。

比利·布兰特在身后说道:"吃完晚饭你可以再来帮我吗?我留些刷漆的工作给你做。"

于是米莉·茉莉·曼迪马上蹦了起来,说道:"如果妈妈不需要我帮忙的话,我非常愿意来你这里。"

吃过晚饭以后,米莉·茉莉·曼迪帮着妈妈收拾了一下碗筷,就蹦蹦跳跳地到村子里去了。比利·布兰特一直在布兰特先生的花园里忙碌着,他正用一张砂纸擦拭水桶上的铁环。

"你好,比利!"米莉·茉莉·曼迪说。

"你好,米莉·茉莉·曼迪!"比利·布兰特说。

他热得满头是汗,浑身脏兮兮的,但是他笑得可开心了。他说:"我还留着碾草机让你刷漆呢——铁锈已经被我用砂纸擦干净了。"

米莉·茉莉·曼迪觉得比利·布兰特真是一个贴心的男孩,因为用砂纸擦掉铁锈是一件既费力又肮脏的苦差事。

比利·布兰特取下颜料桶的盖子，用一根棍子搅拌着这漂亮的绿色。之后，他还拿来一张报纸，别在米莉·茉莉·曼迪的裙子上面，这样就不会弄脏她的衣服了。然后他又回去继续擦拭水桶，而米莉·茉莉·曼迪则认真地开始刷漆，她把刷子放进装满绿色颜料的罐子里蘸一蘸，然后开始给割草机刷起漆来。

　　割草机的手柄上画着一些弯弯曲曲的图案，把颜色涂进所有的缝隙里是一件很有趣的事情。所以，你真是难以想象，当崭新的绿色颜料被均匀涂抹完毕，碾草机该有多么漂亮！

　　比利·布兰特走了过来，他想看看米莉·茉莉·曼迪的工作进展如何。那些图案刷上绿色颜料以后变得如此美丽，让他心里觉得挺可惜的，因为水桶上没有这样的图案让他来刷上好看的颜色。

　　到了黄昏时刻，你不知道花园看上去有多漂亮！花圃被修整得整齐干净，草坪被收拾得非常平整，放在房子旁边的水桶泛着绿色光芒，草坪上的碾草机也闪着油油的绿光。

　　当布兰特先生出来看到这一切时，他真是喜出望外。

他叫来了布兰特太太，布兰特太太也开心得不得了，她分给两个小家伙每人一根香蕉，他们坐在商店的谷物桶上愉快地吃了个精光。

后来，比利·布兰特把米莉·茉莉·曼迪埋进玉米粒堆里，只露出脑袋。当他把她从玉米粒堆里拖出来时，米莉·茉莉·曼迪浑身上下都是玉米粒，它们稀里哗啦地沿着米莉·茉莉·曼迪的脖子往下掉，掉进她的袜子里，撒进她的鞋子里。可是米莉·茉莉·曼迪一点也不介意，她反而很享受这样的游戏呢！

8

米莉·茉莉·曼迪开商店

很久以前,米莉·茉莉·曼迪和一些小伙伴走在放学回家的路上,他们是比利·布兰特、玛金斯小姐的侄女吉莉,当然了,还有小伙伴苏珊,他们一路上都在讨论自己长大以后想要做的事情。

比利·布兰特说他想要当一名公交车司机,把人们和他们的行李从这个站台载到另一个站台;玛金斯小姐的侄女吉莉说她要把头发烫卷,成为一个电影演员;小伙伴苏珊则想当一个护士,头戴长长的白色饰带,手推一辆载着两个婴儿的婴儿车。

米莉·茉莉·曼迪则想要像玛金斯小姐那样开一家商店,她在商店里可以售卖糖果,也可以拿着一把大剪刀给顾客裁剪做衣服的衣料。她还说:"噢,天哪!我希望这件事不需要等到我长大才能做。"

当他们来到玛金斯小姐的商店门口时,吉莉跟大家道过再见就进去了。

当他们来到布兰特先生家的谷物商店时,比利·布兰特跟大家说完再见就进了家门。

只剩下米莉·茉莉·曼迪和小伙伴苏珊手挽手地继续往前走。当她们走到两边是田野的白色小路上时,就来到了莫格斯太太家的小屋前。小伙伴苏珊说"再见",然后就进了屋。

米莉·茉莉·曼迪独自一人,蹦蹦跳跳地来到了那幢盖着稻草屋顶的白色小茅屋前,妈妈早已在门口等候着她回来。

第二天正好是星期六,米莉·茉莉·曼迪就到村里帮妈妈跑腿办点事。当她把事情办完之后,看到玛金斯小姐正站在商店门口,一副忧心忡忡的模样。

玛金斯小姐看到米莉·茉莉·曼迪,她就说道:

"哦，米莉·茉莉·曼迪，你能不能跑去问问杰克斯太太，她可不可以帮我看一个小时的店呢？请告诉她，我有件非常紧要的事情，得赶去见一个人，我都不知道该怎么办才好了，因为吉莉也不在家，她出去野餐了。"

于是米莉·茉莉·曼迪就跑去问杰克斯太太，可是杰克斯太太回答道："请转告玛金斯小姐，我感到非常抱歉，因为我才把蛋糕放进烤箱，我一时半会儿都走不开呢。"

米莉·茉莉·曼迪只好跑回去告诉玛金斯小姐，玛金斯小姐说："那帮我问问布兰特太太能不能来帮我看店？"

于是米莉·茉莉·曼迪又跑去问布兰特太太，可是布兰特太太回答道："真是对不起呢，我正忙着打扫屋子，走不开呀。"

米莉·茉莉·曼迪只好跑回去告诉玛金斯小姐，玛金斯小姐已经想不出还能找谁来帮忙了。

这时，米莉·茉莉·曼迪说："噢，玛金斯小姐，我可以帮你看店吗？我会告诉顾客你一小时后回来，如果他们要买棒棒糖或者其他小东西的话，我就卖给他们，我知道这些小零食的价格！"

玛金斯小姐看了看米莉·茉莉·曼迪，说道："那好吧，你虽然年龄不大，但是我知道你是个很认真的孩子，米莉·茉莉·曼迪。"

玛金斯小姐走之前，对米莉·茉莉·曼迪千叮咛万嘱咐，比如一定要告诉客人她一个小时后就回来，对价格不是十分确定的东西就不要轻易销售等等。说完以后，玛金斯小姐戴上帽子和围巾，匆匆出门去了。

只留下米莉·茉莉·曼迪独自一人守着商店。

米莉·茉莉·曼迪感到非常孤独，做事也小心翼翼。她看到钉子上挂着一把掸子，就取下来掸了掸柜台上的灰尘；接着她透过橱窗，端详着里面陈列着的手帕、袜子和一罐罐的糖果。这时，她还看到商店对面的哈勃太太正在往橱窗里摆放长条面包和蛋糕。而斯迈尔先生（他开着一个小杂货店，里面有个小柜台，人们可以买到邮票和信封，还可以寄包裹）正站在门口晒太阳。米莉·茉莉·曼迪心里感到非常满足，因为此刻自己也和他们一样，拥有一家自己的

商店。

就在这时,门把手发出咯吱的声响,门上的铃铛丁零丁零响了起来。来的不是别人,正是小伙伴苏珊!当她看到柜台后面站着的是米莉·茉莉·曼迪时,你不知道她的眼睛瞪得有多大!

"玛金斯小姐出去办一件重要的事情了,但是她一小时后就会回来,你想要买什么?"米莉·茉莉·曼迪问道。

"我要帮妈妈买一盒安全别针,你在这儿干吗?"小伙伴苏珊问。

"我在帮忙看店呀。"米莉·茉莉·曼迪回答道,"我知道安全别针放在哪儿,因为我昨天刚刚买过。"

米莉·茉莉·曼迪拿出一张薄薄的棕色纸包起安全别针,还学着玛金斯小姐的样子把纸的尾端扭了一圈。她把纸包递给小伙伴苏珊,小伙伴苏珊则递给她1便士。

小伙伴苏珊想要留下来和米莉·茉莉·曼迪一起玩开商店的游戏。

可是米莉·茉莉·曼迪一本正经地摇摇头,说道:"不,这可不是闹着玩,我在做正事。我必须非常非常认真才行,你最好还是走吧,苏珊。"

正在这时,门铃又响了,一位女士走进商店,于是小伙伴苏珊就走出了店门。(但她趴在窗外往里看了半天,她想看看米莉·茉莉·曼迪是怎样卖东西的,不过米莉·茉莉·曼迪可没有闲工夫瞧她呢。)

来商店买东西的是布罗斯小姐,她和布罗斯太太住在一起,就住在街对面,紧挨着面包店的那一家。她想要买四分之一码(一码约等于一米)的粉色绒布,她正在帮妈妈做一件家居服,可是买的布不够,缝衣领的布没有了。她说她可不想浪费整整一个小时一直等到玛金斯小姐回来。

米莉·茉莉·曼迪焦急地换着脚,心想这该怎么办呢?布罗斯小姐的一个手指也在柜台上轻轻叩击着,思考着解决办法。

想了一会儿,布罗斯小姐说:"那卷绒布是我上次买了以后剩下的,我敢肯定玛金斯小姐一定不介意我先拿回家去用着。"

于是那匹粉色绒布被取下来摆在了两个人中间,

米莉·茉莉·曼迪拿来玛金斯小姐的那把大剪刀，布罗斯小姐则精确地在布匹的四分之一码处折下一条折痕。米莉·茉莉·曼迪用力地吸了一口气，缓缓地，小心翼翼地沿着折痕剪了起来。

米莉·茉莉·曼迪把剪好的布包好，递给了布罗斯小姐。布罗斯小姐则递给米莉·茉莉·曼迪半克朗*，说道："告诉玛金斯小姐，等她回来的时候再把找我的零钱送过来。"

然后，布罗斯小姐就离开了。

后来好长一段时间都没有顾客登门。米莉·茉莉·曼迪为了打发时间，就把人们缝制不同衣裙的布匹拿来研究。这块就是用来缝制米莉·茉莉·曼迪那件粉白条纹裙的棉布（看上去还是崭新可爱），那块是妈妈用来缝蓝色围裙的布，还有那块是杰克斯太太缝睡袍的布……

这时，门铃又响起来，进来的不是别人，正是比利·布兰特！

---

* 半克朗，是英国货币旧制中的一种硬币，半克朗等于30便士。

这时，门铃又响起来，进来的不是别人，正是比利·布兰特！

"我是玛金斯小姐,"米莉·茉莉·曼迪说,"请问你想买点什么?"

"玛金斯小姐上哪儿去了?"比利·布兰特问道。

于是米莉·茉莉·曼迪又从头解释了一遍,之后比利·布兰特说自己想要买一些价值1便士的茴香糖球。米莉·茉莉·曼迪用一个箱子垫在脚下,从架子上取下一个大玻璃罐子。

她知道茴香糖球的价格,1便士可以买12颗,因为她经常买这个糖吃。米莉·茉莉·曼迪数了足量的茴香糖球,递给比利·布兰特。比利·布兰特接过茴香糖球,自己又数了一遍。

这时,比利·布兰特说:"你多数了一颗给我。"

米莉·茉莉·曼迪再数了一遍,果然多数了一颗呢。于是她把多出来的那颗茴香糖球放回罐子,把数目正好的糖球放在一个小袋子里包好,学着玛金斯小姐的样子抓住袋角摇了摇,才把装着茴香糖球的袋子递给比利·布兰特,而比利·布兰特也把1便士付给了米莉·茉莉·曼迪。

比利·布兰特咧嘴一笑，说道："夫人，早上好哇！"

米莉·茉莉·曼迪也学着他的样子回答道："先生，您也早安呀！"

后来，比利·布兰特就满意地走了。

一个多小时过去了，外面的太阳已经升得老高。这时门铃再次响起，玛金斯小姐终于回来了！

尽管米莉·茉莉·曼迪很享受这次开商店的乐趣，但是她想，也许还是等到长大以后再拥有一家自己的商店也不迟。

9

米莉·茉莉·曼迪开晚会

很久以前，米莉·茉莉·曼迪就有了一个计划，当她思来想去地把计划考虑周全以后，她就去查看她的存钱罐。存钱罐里装着4又半个便士，在米莉·茉莉·曼迪看来，要实现这个计划的话，存钱罐里的钱还远远不够呀，于是米莉·茉莉·曼迪就去找小伙伴苏珊商量。

"苏珊，"米莉·茉莉·曼迪说，"我有一个计划——不过现在还是一个大秘密——我想在谷仓里为爸爸妈妈、爷爷奶奶和叔叔婶婶举办一次晚会。我打算买些点心，你和我就当女侍应生，如果晚会结束还有东西剩下的话，就由我们两个把它们吃光。"

小伙伴苏珊觉得这是一个很棒的计划。

"我们要戴帽子吗？"她问道。

"是的，"米莉·茉莉·曼迪说，"还要系上围裙呢。可是我的钱连买点心都不够，所以我们必须好好想个办法才行。"

米莉·茉莉·曼迪和小伙伴苏珊坐下来,使劲想啊想。

"我们必须通过工作来赚钱。"米莉·茉莉·曼迪说。

"可是要怎么赚钱呢?"小伙伴苏珊问道。

"可以卖东西。"米莉·茉莉·曼迪说。

"卖什么东西呢?"小伙伴苏珊问,于是两个人又继续坐在那里想啊想。

不一会儿,小伙伴苏珊说:"我家的花园里有很多三色堇和金盏花。"

"我们还可以帮别人跑个腿什么的。"米莉·茉莉·曼迪说。

"擦铜器也行呀。"小伙伴苏珊说。

这个主意真不错,米莉·茉莉·曼迪找来一支铅笔和一张纸,十分认真地写道:

米莉森特·玛格丽特·阿曼达和苏珊联合有限公司
***出售鲜花**

* 低价清洁铜器（绝对不会摔坏任何物品）

* 低廉跑腿服务

"什么是联合有限公司？"小伙伴苏珊问。

"生意上的说法而已。"米莉·茉莉·曼迪说，"也许我们该去问一问比利·布兰特，看他愿不愿意参加，他可以当男侍应生。"

然后她们把写好的广告贴在前门，等待着篱笆那一头来来往往的路人给予回应。

有几个路人经过，但是他们好像不需要任何服务。后来终于开来一辆汽车，车上坐着一位女士和一位先生。当他们看到那幢盖着稻草屋顶的白色小茅屋前贴的广告时，就停下了车，询问是否有奶油出售。

米莉·茉莉·曼迪说："我得去问问妈妈才知道。"她接过那两个人递过来的小罐进了屋。当她回来的时候，小罐里装满了奶油。这时，那位女士和先生已经仔细阅读了贴着的广告，正在向苏珊咨询一些问题。那位女士付了奶油的钱以后，说还要买点鲜花，于是他们每人买了一束花。之后，那位先生说，他车子前面的圆形铜饰需要好好擦一下——他问："你们公司能够接手这个业务吗？"

米莉·茉莉·曼迪回答说："好的，先生。"说完，她跑回家把奶油钱交给了妈妈，并向妈妈借了清洁铜器的工具箱。

接着，米莉·茉莉·曼迪拿着一块抹布开始仔细清洗车子前面的圆形铜饰，苏珊也拿着一块抹布一起把它擦得铮亮。那位女士和那位先生都露出了满意的表情。

先生说："得付多少钱呀？"之后，他付了2便士的鲜花钱和1便士的铜器清洁费。米莉·茉莉·曼迪还想再为他们清洁更多的铜器，可是那位先生说他们不能停留太久，于是他们互道再见之后，车子就启动开走了。那位女士转过头来使劲冲她们挥手，米莉·茉莉·曼迪和小伙伴苏珊也朝着她挥手说再见，直到他们的身影消失在了前方。

米莉·茉莉·曼迪和小伙伴苏珊高兴坏了。

现在她们已经有7又半个便士可以用来买晚会用的点心，爸爸妈妈、爷爷奶奶、叔叔婶婶，再加上莫

格斯太太,也就是小伙伴苏珊的妈妈,现在参加晚会的人已经有 7 个了。

后来,从篱笆那头走来了杰克斯先生,他是一位邮差,他刚刚把信箱里需要寄出的信件收拾完毕准备回家,他也看到了门口的广告。

"这是什么?你们在学着赚钱吗?"邮差先生问道。

"是的,"米莉·茉莉·曼迪说,"我们已经赚了 3 个便士了!"

"喔唷!赚到的钱你们打算怎么花呢?"邮差先生问。

"这是个秘密!"米莉·茉莉·曼迪跳了一下,回答道。

"啊!"邮差先生说,"我猜一定是个很棒的秘密!"

米莉·茉莉·曼迪看看小伙伴苏珊,又看看邮差先生。他是个好邮差,于是她说:"如果我把这个秘密告诉你,你一定不能告诉别人,你能做到吗?"

"相信我好了!"邮差先生马上说。于是米莉·茉莉·曼迪告诉他，她们准备为爸爸妈妈、爷爷奶奶、叔叔婶婶，还有莫格斯太太举办一场晚会。

"他们好幸运，实在太幸运了！"邮差先生说，"都没有人邀请我参加过晚会呢。"

米莉·茉莉·曼迪看了看小伙伴苏珊，又看了看邮差先生，他真的是一位很好的邮差。于是她说："如果你被邀请了，你保证会来吗？"

"你们尽管相信我好了！"邮差先生迫不及待地回答道，说完，他背起邮包继续往前走了。

"爸爸妈妈、爷爷奶奶、叔叔婶婶，莫格斯太太，再加上邮差先生要参加晚会，那我们得再赚些钱才行啊。"米莉·茉莉·曼迪说，"我们去村里邀请比利·布兰特加盟吧，也许他有赚钱的好主意。"

比利·布兰特就在谷物商店外面的路上，他正在修补他的小拖车上面的把手。小拖车全是他自己动手做成的，车子很漂亮，被他漆成了像水桶和碾草机那样的绿色。他认为"联合有限公司"是个好笑的名字，不过呢，他打算立刻加入，还承诺为她们制作一个带有投币口的存钱罐，用来保管她们赚的钱币。他

还从自己的存款中拿出 4 个法新币*投入到公司里面。（比利·布兰特一直都在搜集法新币——他在一个鸟食袋里存了 19 个法新币。）

因此，现在他们一共有 8 又半个便士的钱用来买晚会的点心了。

星期一的早晨，他们正走在回家吃饭的路上，米莉·茉莉·曼迪和小伙伴苏珊路过邮差先生家，看到杰克斯太太正站在家门口呼吸着新鲜空气。杰克斯太太说："早上好呀！米莉森特·玛格丽特·阿曼达和苏珊联合有限公司开得怎么样了呀？"

米莉·茉莉·曼迪回答说："很好呢，谢谢您！"

"我丈夫跟我说你们开展了清洁铜器的业务。"杰克斯太太说，"我的壁炉架上有一大堆东西需要好好清洁一下呢！"

米莉·茉莉·曼迪和小伙伴苏珊高兴极了，她们打算下午一放学就来清洁这些铜器。

后来，她们一共清洗了 1 个杯子、3 个烛台和 2

---

* 法新币，1961 年以前的英国铜币，1 个法新币等于 1/4 便士。

盏灯——1盏大灯、1盏小灯——1个托盘和1口锅，她们一样东西都没有打碎，也没有浪费一滴清洁液。杰克斯太太十分满意，她支付了她们每人1个便士，还给了她们一片蛋糕吃。

现在，她们一共有10又半个便士用来买晚会的点心啦！

可是当她们从杰克斯太太家走出来的时候，米莉·茉莉·曼迪说："爸爸妈妈、爷爷奶奶、叔叔婶婶，莫格斯太太，再加上邮差先生和邮差太太已经9个人了，恐怕我们还得再多赚点钱才够呢，苏珊！"

于是她们转身回家，路上经过了铁匠铺。她们像往常一样，在铁匠铺门口停住了脚步，她们喜欢看熊熊的炉火燃起，喜欢看铁匠拉奇先生抡起铁锤在铁砧上敲得叮当作响。

小伙伴苏珊有点害怕铁匠先生——他身材高大魁梧，他的脸总是黑乎乎脏兮兮，当他冲她们笑的时候，漆黑的脸庞显得牙齿特别白、眼睛特别亮。不过，只有米莉·茉莉·曼迪知道，虽然铁匠先生外表脏兮兮，其实他是一个特别好、特别爱干净的好人呢，所以她也冲着铁匠先生笑了。

　　铁匠先生说："你好！"

　　米莉·茉莉·曼迪也说："你好呀！"

　　铁匠先生弯弯手指头，说："过来这儿！"

　　米莉·茉莉·曼迪往前一蹦，小伙伴苏珊拉着她的手走在后面。因为米莉·茉莉·曼迪知道铁匠先生是个好人，所以她往前迎了上去。

　　铁匠先生说："看看我这儿有什么！"他给她们看了一个小小的马掌，这个小小的马掌和普通的马掌没什么两样，不过小一些，他是做给孩子们玩的，米莉·茉莉·曼迪和小伙伴苏珊高兴极了！

　　米莉·茉莉·曼迪谢过铁匠先生，她看看他，说道："如果有人邀请你参加晚会，你会来吗？"

　　铁匠先生用闪闪发亮的眼睛看了看米莉·茉

莉·曼迪，说自己一定会飞快地赶去参加晚会——只要时间不要定在星期六的5点以前就行，那是属于他和队友在树荫下打板球的时间。

当她们从铁匠铺走出来时，米莉·茉莉·曼迪又说："爸爸妈妈、爷爷奶奶、叔叔婶婶、莫格斯太太，再加上邮差先生、邮差太太和铁匠先生，我们得去——通知他们五点半以后来参加晚会，而且看来我们还得挣更多的钱才够，苏珊！"

就在这时，她们碰到了迎面走来的比利·布兰特，他正拖着他的小拖车走过来，拖车上还放着一大捆东西。比利·布兰特冲她们咧嘴一笑，说道："我为我们的公司带来了布罗斯太太需要清洁的物品。"米莉·茉莉·曼迪和小伙伴苏珊真是喜出望外。

星期六的早晨到来了，所有的邀请函都已经分发完毕。米莉森特·玛格丽特·阿曼达和苏珊联合有限公司的全体人员都在谷仓里忙碌着。他们把所有的物品收拾整齐，并把不能移动的物品用爷爷从篱笆上修剪下来的绿色枝条遮盖起来。

到五点半的时候，米莉·茉莉·曼迪和小伙伴苏

珊已经洗干净小手，戴上了纸帽，系上了围裙，站在谷仓门口迎候客人们光临了。每一位来参加晚会的先生都得到了一朵金盏花插在衣服扣眼上，每一位女士则得到了一朵三色堇。

除了铁匠先生，所有人都准时到达了晚会地点，铁匠先生也只晚了几分钟——他穿着白色的法兰绒球服，看上去干净又整洁，米莉·茉莉·曼迪差点没有认出他。比利·布兰特也让她觉得出乎意料。比利·布兰特从学校的高年级同学那里借来了一个留声机和两张唱片。（他没跟别人说，他把自己剩下的全部法新币——共有15个——都给了那个借给他留声机的男孩，15个法新币可以兑换成3便士余3法新币。）

因为比利·布兰特不想跳舞，所以由他负责看管留声机。爸爸妈妈、爷爷奶奶、叔叔婶婶、莫格斯太太、邮差先生和他的太太、铁匠先生、米莉·茉莉·曼迪和小伙伴苏珊，他们一起在旧谷仓里一直跳舞，跳得尘土飞扬。米莉·茉莉·曼迪不仅和铁匠先生跳了舞，还和其他人一起共舞，小伙伴苏珊也是。

他们过得好开心！

接着，点心时间到了——覆盆子果浆糖、茴香糖球用小碟子盛着的，周围还装饰着小小的花儿；叶形的盘子里装着晚熟的黑莓；杯子里装满果汁牛奶，加入的奶泡恰到好处。这些都是由比利·布兰特精心准备的。而米莉·茉莉·曼迪和小伙伴苏珊则侍立一旁，提醒人们饮用与品尝。（真是令人激动！）米莉·茉莉·曼迪和小伙伴苏珊从一个包里拿出她们亲手制作的果冻，可是因为她们的保存方法不太正确，所以果冻吃起来就跟喝汤似的。

不过爸爸妈妈、爷爷奶奶、叔叔婶婶、莫格斯太太、邮差先生和他的太太以及铁匠先生都说，他们还从来没吃过这么好吃的果冻呢。最后，铁匠先生大声地提议，请大家举杯感谢米莉和苏珊的公司为大家提供了如此愉快的晚会和点心！所有的人都齐声喊道："谢谢，谢谢，干杯呀！"他们一起鼓掌致谢。米莉·茉莉·曼迪和小伙伴苏珊也鼓起掌来，虽然不太妥当，但是她们实在太开心了，哪里还管得了那么多呢！

这些点心都是比利·布兰特精心准备的。

后来，所有的客人都心满意足地回家了。

公司的全体人员清理现场后，发现只剩下了一个茴香糖球。不过，在长椅上的空杯碗碟之中，还放着一个小小的篮子，里面装着梨和一些各色的糖果，还有一张小卡片，卡片上写着："送给男侍应生和女侍应生的礼物！"

10
米莉·茉莉·曼迪认识新老师

很久以前，在米莉·茉莉·曼迪的学校里，老师们发生了一些变动。校长夏珀德小姐离职了，由爱德华斯小姐接替她的位置。她住在学校附近的教师宿舍里，这样她就不用每天从镇上坐公交车来上班了。

爱德华斯小姐是一位要求非常严格的老师，她总是穿着高领的衣服，她给孩子们上数学、历史和地理课。

虽然米莉·茉莉·曼迪既喜欢夏珀德小姐也喜欢爱德华斯小姐，但是她对老师的变化却不特别在意。有一天下午，爱德华斯小姐递给她一张纸条，让她交给妈妈。她问米莉·茉莉·曼迪的妈妈能否让自己在那幢盖着稻草屋顶的白色小茅屋（米莉·茉莉·曼迪的家）里借宿一两天，因为她的新宿舍要过两天才能修整好呢。

爸爸妈妈、爷爷奶奶、叔叔婶婶在吃晚餐的时候一直在讨论这件事，他们认为让老师住几个晚上还是没什么问题的。

米莉·茉莉·曼迪非常好奇，心中暗想，老师和她们坐在一起吃晚饭会是什么样子，老师还要睡在那间空着的房间里面。"那我岂不是一天到晚都像是生活在学校里面了吗？"不过她还是挺高兴的，因为老师毕竟只在自己家里借住一两个晚上就走了。

第二天，她拿着妈妈回的纸条去给老师，妈妈说全家人都非常欢迎老师来住呢。放学后，米莉·茉莉·曼迪把这事告诉了小伙伴苏珊和比利·布兰特。

小伙伴苏珊说："天哪，你每天都要好好表现才行呀！真高兴她不是到我们家与我们一起住！"

比利·布兰特说："哈！还是个老古董老师啊！"

一听这话，米莉·茉莉·曼迪心中暗自庆幸，幸好老师只住几个晚上。

第二天晚上晚饭之前，爱德华斯小姐就来到了米莉·茉莉·曼迪的家。

米莉·茉莉·曼迪站在门口等着老师，当她听到大门响动的声音时，一边喊着妈妈，一边赶紧跑去把前门打开，这样墙灯就能照亮小路。当老师从黑夜走进亮光中，妈妈此时也从厨房里匆忙跑了出来，来迎接老师的到来。

老师对妈妈的好客表示了感谢，她说今天一放学，她就忙着把书架搬进新宿舍，所以把自己弄得蓬头垢面的。

妈妈说："随我来，我们一起上楼，先到您的房间去吧，爱德华斯小姐。米莉·茉莉·曼迪待会儿帮你拿一壶热水上来，之后我们再一起享用晚餐！"

米莉·茉莉·曼迪跟着妈妈来到厨房，打了一壶热水，心想，在学校之外的地方听到老师熟悉的声音真是一件好玩的事情。她有礼貌地轻轻敲了敲老师半开着的房间门（她看到老师正在烛光下的梳妆台前梳理自己的头发），当老师接过还冒着热气的热水壶时，她朝米莉·茉莉·曼迪笑了笑，说道：

"你真好，米莉·茉莉·曼迪！这正是我现在最需要的。哇，蛋糕的香味也传上来了，真好闻。"

米莉·茉莉·曼迪也冲老师笑了笑，她觉得有点吃惊，老师原来也会用那么愉悦的、饥饿的语气说话呀——那种语气仿佛只有自己或是苏珊，或者是爸爸妈妈、爷爷奶奶、叔叔婶婶才会有呀。

当老师下楼来到厨房时，大家全都坐在桌边等着一起吃晚餐了。老师的位置正好在米莉·茉莉·曼迪的对面，每次她的目光与米莉·茉莉·曼迪相接的时候，她总是朝米莉·茉莉·曼迪莞尔一笑。米莉·茉莉·曼迪也用微笑回应着老师，她不断提醒自己要坐端正，因为她总是担心老师会这么说："头抬起来，米莉·茉莉·曼迪，胳膊肘别放在课桌上！"不过，老师直到吃完晚饭都没这样说过！

起初在老师面前，大家都有点害羞。不过很快，爸爸妈妈、爷爷奶奶和叔叔婶婶就开始聊起天来，老师也跟着边聊边笑。老师笑起来的时候和平时不太一样，以至于米莉·茉莉·曼迪都忘记了吃面包喝牛奶。老师很喜欢吃热乎乎的蛋糕，并向妈妈讨教做蛋糕的方法。她问了许多问题，妈妈说她可以教老师怎么做，这样的话，等老师搬到新厨房的时候就可以自己动手做了。

米莉·茉莉·曼迪一想到老师也需要学习就觉得

很有趣。

晚饭过后,老师问米莉·茉莉·曼迪会不会做"小小女水兵",米莉·茉莉·曼迪回答说不会。于是老师在一张折好的纸上画了一个小小女水兵,小水兵穿着海军领的衣服,戴着海军帽,还穿着百褶裙。接着,老师用剪刀开始沿着画好的线剪起来。当她打开折叠好的纸以后,就出现了一排手挽着手的小小女水兵。

米莉·茉莉·曼迪好喜欢,认识老师这么久,也不知道老师会剪小小女水兵,原来老师这么有趣呀。

妈妈说:"好了,米莉·茉莉·曼迪,睡觉时间到了。"于是米莉·茉莉·曼迪亲了亲爸爸妈妈、爷爷奶奶和叔叔婶婶,还去跟老师握了握手。老师却说,她也需要一个晚安吻,于是她们友好地互相亲吻了彼此。

当米莉·茉莉·曼迪上楼时,她心想,一定要比平时更快更安静地上床睡觉才行,因为老师就在家里住着呢。

第二天一早,米莉·茉莉·曼迪和老师一起去学校。当她们一到学校,老师又恢复了原样,她要么让米莉·茉莉·曼迪坐端正,要么让她赶紧做作业,仿佛她从来没在吃晚饭时那样笑过,也从来没有剪过小小女水兵,更是从来没有跟谁亲过晚安吻似的。

放学之后,米莉·茉莉·曼迪把老师剪的那排小小女水兵给小伙伴苏珊和比利·布兰特看。

小伙伴苏珊瞪大了眼睛,说道:"真是没想到老师居然会做这个!"

比利·布兰特小心翼翼地把剪纸小人重新沿着折痕叠起来,想看看到底是怎么折成这样的,接着他咧嘴一笑,把小人还给了米莉·茉莉·曼迪。

小伙伴苏珊和比利·布兰特现在不再像之前那样为米莉·茉莉·曼迪感到难过了，因为之前他们觉得和老师住在一起是件可怕的事情。

那天晚上，老师回到米莉·茉莉·曼迪家的时间比往常要早一些。当米莉·茉莉·曼迪给小狗托比喂完食物，并跟它在院子玩了睡前游戏以后，她走进厨房。这时你猜她碰到了谁？不是别人正是老师！老师系着米莉妈妈的大围裙，袖子高高卷起，正在学习如何做苹果馅饼呢！妈妈说："和点酥油，轻轻揉。"老师学得既专注又兴致勃勃，所以面粉弄在了脸颊上也毫无察觉。

当老师看到米莉·茉莉·曼迪的时候，她说道："快来呀，米莉·茉莉·曼迪，和我一起学烘焙，太有趣了！"

妈妈递给米莉·茉莉·曼迪一块面团，米莉·茉莉·曼迪站在老师旁边，揉起面来，直到揉成一个圆球。不过她对老师学习的烘焙课程却不是特别感兴趣。妈妈叫老师怎么做，老师就怎么做，十分努力地学习做馅饼，不一会儿，她的脸颊就露出了绯红色。

米莉·茉莉·曼迪走进厨房,发现在做苹果果馅饼的不是别人正是老师!

当苹果馅饼做好以后，案板上还剩下一块小小的面团，于是老师把它捏成了一只非常美丽的小鸟，小鸟和馅饼被一起放进了烤箱，米莉·茉莉·曼迪捏的小猪、小猫、茶壶和条形面包也被放在一起进行烤制。

爸爸妈妈、爷爷奶奶、叔叔婶婶、老师，以及米莉·茉莉·曼迪坐下来等待吃晚餐，所有的苹果馅饼都被端了出来。这时，老师把手指放在嘴唇上，示意米莉·茉莉·曼迪别泄露秘密。老师紧张地看着大家品尝馅饼的反应，不一会儿，妈妈说："你们喜欢这些馅饼吗？"所有人都说馅饼美味极了，这时，米莉·茉莉·曼迪再也忍不住了，她大声叫道："是老师做的馅饼呢！"每个人都露出了吃惊的表情。

米莉·茉莉·曼迪没有吃自己做的那个棕灰色的小面包，因为她不喜欢这个口味（不过，小狗托比喜欢），她也不忍心吃那只金棕色的小鸟，因为它看上去太漂亮了。于是第二天她带着小鸟面包去学校，跟小伙伴苏珊和比利·布兰特一起分享。

小伙伴苏珊说："太漂亮了，不是吗？老师太聪明了，不是吗？"

比利·布兰特则说："真想不到老师还会玩面团。"

尽管老师住在米莉家，但是小伙伴苏珊和比利·布兰特现在再也不用为米莉·茉莉·曼迪感到难过了。

第二天是星期六，老师的家具全都到位了，她一整天都忙着布置房间，挂窗帘和装饰画。下午，米莉·茉莉·曼迪和小伙伴苏珊，还有比利·布兰特一起去老师家帮忙，他们在房间里上上下下地忙着，一会儿拿锤子，一会儿拿钉子，他们发挥了大用处呢。

四点钟的时候，老师派比利·布兰特到哈伯太太家的商店去买些蛋糕，其他人则在漂亮的小客厅里摆好了桌子。大家享用了一次美味的、别样的野餐——米莉·茉莉·曼迪和小伙伴苏珊共用一个杯子，比利·布兰特用一个茶托当盘子，因为其他东西都还没有开包。他们边笑边聊天，开心得不得了。当老师看到时间不早，就送他们回家了。

米莉·茉莉·曼迪觉得好难过，因为老师不能再在自己家借宿了。这一次,即便老师不提要求,她也会主动送给老师一个晚安吻。于是,她真的走上前去吻了吻老师。小伙伴苏珊和比利·布兰特竟然一点也不吃惊。

从那以后,不管老师在学校有多么严格,他们也不再特别在意,因为他们知道,老师其实是一个内心十分可爱的平常人呢!

11

米莉·茉莉·曼迪参加游园会

很久以前,正当米莉·茉莉·曼迪在村子里帮妈妈买东西的时候,她看到布兰特先生家谷物商店外面的木板上贴着一张海报。于是,她在海报前停下脚步,开始认真地读了起来。海报上说在广场上即将举行一次游园会,有专门给孩子们设置的运动和比赛项目,也有为大人专门设置的其他活动。正当米莉·茉莉·曼迪认真读海报的时候,比利·布兰特从商店的门口探出头来。

米莉·茉莉·曼迪说:"你好,比利!"

比利·布兰特咧嘴一笑,说:"你好呀,米莉·茉莉·曼迪!"然后走过来一起看海报。

"游园会什么时候举行呀?"米莉·茉莉·曼迪问道。比利·布兰特踮着脚尖指了指海报上写的日期,接着念起海报上的字:"百米赛跑、两人三足赛跑等等。"他接着说:"我要参加这些比赛。"

"是吗？"米莉·茉莉·曼迪说，她也开始感兴趣起来。她觉得游园会一定很好玩，于是她决定回去问问妈妈，看看自己可不可以也参加这些比赛。

没过两天，米莉·茉莉·曼迪放学以后，正在牧场门口闲逛的时候，她看到有个人正从路中央以稳健、专业的步伐一路跑来，那不是比利·布兰特还会是谁呢？

"你好，比利！你这是要去哪儿呢？"米莉·茉莉·曼迪问道。

比利·布兰特放慢脚步，擦了擦额头上的汗，气喘吁吁地说："我开始训练了，为了跑步比赛。"

米莉·茉莉·曼迪觉得这真是个好主意。

"我打算每天都进行跑步训练，直到游园会开始为止。"比利·布兰特说。

米莉·茉莉·曼迪坚信比利·布兰特一定会赢。

比利·布兰特问米莉·茉莉·曼迪能否帮他计时，因为他觉得如果自己跑步的时候，有人帮自己计时的话就太好了。可是米莉·茉莉·曼迪还做不到，因为她从来没有做过这件事。不过后来，她利用厨房里的钟来练习计时，慢慢地，她终于掌握了从 1 秒数到 60 秒的节奏，这样，当她数到 60 的时候，就刚好是一分钟过去了。

第二天，在那幢盖着稻草屋顶的白色小茅屋前，比利·布兰特站在小草地这头，米莉·茉莉·曼迪站在另一头。当比利·布兰特一喊"跑"，他就开始奔跑起来，而米莉·茉莉·曼迪则紧紧地闭上眼睛，这样才能心无旁骛地开始数数，比利·布兰特到达目的地的时间刚好是一分半钟。他这样跑了好几圈，但是成绩却不能再提高了。

跑步训练结束之后，他们把两人的脚踝绑在一起——比利·布兰特的左脚绑着米莉·茉莉·曼迪的右脚——绑带用的是比利·布兰特的围巾，他们开始在田野里练习两人三足比赛。这个游戏太好玩了，他们有时会保持不了平衡而摔倒在地，而这时，米莉·茉莉·曼迪总忍不住边叫边大笑。比利·布兰特倒是一脸严肃，因为他非常想把这个动作练习得正确而娴熟，不过当他们跌倒时，他也会时不时忍不住笑出声来。

到了比赛那天，比利·布兰特已经只需要一分钟多一点点就能跑到草地的那一头，他和米莉·茉莉·曼迪的两人三足跑步也练习得非常不错，所以他们对赢得比赛充满了信心。

比赛那天的天气非常晴朗，尽管不算很暖和，但是，正如比利·布兰特所言，对于运动员来说，微凉的天气刚刚好。因为当天正好是银行休息日，所以村里的人都来了，他们花了6便士买了门票，热情高涨，在门口彼此问着好。

米莉·茉莉·曼迪和爸爸妈妈、爷爷奶奶、叔叔婶婶一起来了。小伙伴苏珊和她的妈妈来了，还有玛金斯小姐的侄女吉莉。玛金斯小姐则对游园会毫无兴趣，所以没有来。此外，邮差杰克斯先生和他的太太也来了，铁匠拉奇先生穿着他的礼拜服也来参加游园会了。

游园会里有掷球击中椰子的游戏（叔叔赢了一个椰子），还有扔铁环游戏（1个便士扔3次）——扔铁环去套桌上摆放着的各种物品（妈妈赢了一把梳子，不过她想赢的却是一个闹钟），诸如此类的有趣游戏还有很多。

接下来，儿童运动会开始了。米莉·茉莉·曼迪花了1便士，玩了一个走平衡木夺气球的游戏。这个游戏要求参与者沿着一根细细的平衡木往前走，走到尽头的时候，将挂在高处的红色气球取下来就赢得比赛。可惜米莉·茉莉·曼迪还没走到终点，就从平衡木上掉了下来，大家都哈哈大笑。（玛金斯小姐的侄女吉莉赢得了一个气球。）

他们还参加了两人三足比赛——小伙伴苏珊和玛金斯小姐的侄女吉莉一组，米莉·茉莉·曼迪和比利·布兰特一组（因为他们一直在一起练习），还有一整排的男孩女孩参与了比赛。

一个男人将参赛者的脚踝绑在一起，当他喊"跑"的时候，全部参赛者立刻箭一般冲出起跑线，大家被逗得哈哈大笑。一对对选手不时被彼此绊倒在地，可是米莉·茉莉·曼迪和比利·布兰特却一直稳健默契地跑到了终点，赢得了比赛。

全部人都笑了起来，啪啪啪地鼓起掌。比利·布兰特飞快地将绕着脚踝上的绳子扯掉，米莉·茉莉·曼迪则高兴地接过了奖品——一盒巧克力，就像

米莉·茉莉·曼迪和比利·布兰特却一直稳健默契地跑到了终点,赢得了比赛。

奖品是发给自己的一样。

接下来，就是给男孩们准备的百米赛跑了。有个穿着破旧的男孩一直旁观着大家玩各种游园游戏却不参加，于是米莉的爸爸问他为什么不参加游园活动，他回答说自己没有钱。于是爸爸帮他支付了参加比赛需要的费用，那个男孩看上去好开心！

一个男人大喊了一声："跑！"于是所有的男孩冲出了起跑线。他们跑得好快！米莉·茉莉·曼迪蹦蹦跳跳，激动无比。很快，比利·布兰特就超过了其他参赛的男孩，米莉·茉莉·曼迪真替他紧张。接着，他甩开了大家很长的距离。可不一会儿，又变成衣着破旧的男孩领先——不过他们之间的差距没有比

利·布兰特和其他选手的大。当那个男孩超过他的时候，比利·布兰特一直用眼睛的余光紧随着他的脚步。后来，比赛结束了，衣着破旧的男孩赢得了比赛，他得到的奖品是一听咖啡（画着条纹的罐子）。

比利·布兰特冲着那个男孩笑了笑，男孩紧紧地抱着那一听咖啡，开心极了。比利·布兰特还问了男孩的名字、居住地址等问题，他还问他下个星期六愿不愿意到小草地上来跟他一起练习跑步呢。

第二天，米莉·茉莉·曼迪和比利·布兰特以及其他几个同学一起放学回家，他们看到一个提着手提箱的大个子男人正在十字路口等公交车。这里的公交车每小时来一趟。当公交车就要到达的时候，男人的帽子却被一阵风给刮跑了，他看上去一副不知道该怎么办的表情。这时，他看到放学回家的孩子们，大喊道：

"嗨，哪个孩子最能跑啊？"

米莉·茉莉·曼迪回答道："比利·布兰特最厉害！"于是比利·布兰特摆出百米赛跑的架势，箭一般飞了出去。当公交车驶入站台的那一刻，比利已经捡到了帽子,并飞快地跑回来将帽子还给了那个男人。

"我不得不说你真能跑!"男人说,"我差点只能在这里等下一趟公交车了。你帮我节约了一小时的时间,让我的工作没被耽误。"

当公交车开走以后,米莉·茉莉·曼迪对比利·布兰特说道:"看吧,天天训练总有好处!"

"哈,不过就是跑步而已嘛!"比利·布兰特一边说,一边将吹乱的头发理理整齐。

12

米莉·茉莉·曼迪得到一个大大的惊喜

很久以前，米莉·茉莉·曼迪帮妈妈到储藏室去拿一罐果酱。

因为爸爸妈妈、爷爷奶奶、叔叔婶婶和米莉·茉莉·曼迪都特别喜欢吃果酱，所以妈妈（果酱全是她做的）总是要做好多的果酱。于是她不得不把做好的很多果酱放到楼上去储存，因为厨房的橱柜里放不下。

小储藏室在楼上，小茅屋的屋顶下面。储藏室里的方形小窗和地面离得非常近，天花板也是倾斜的。所以，爸爸妈妈或是爷爷奶奶，或是叔叔婶婶都没办法在里面站直腰。（但是米莉·茉莉·曼迪却能站直，还能在房间里自由活动。）

当妈妈和米莉·茉莉·曼迪找到她们想要的果酱时（有草莓果酱、黑莓果酱和姜果酱），妈妈环视小储藏室一周，说道："真可惜！家里没有其他地方让我来储存果酱罐子了。"

米莉·茉莉·曼迪说:"哎呀,妈妈,我觉得这个地方用来放果酱罐子真是再好不过了!"

妈妈说:"是吗?"

几天以后,爸爸妈妈一起来到储藏室,拿出了全部的果酱罐子和放置果酱罐的架子。爸爸把它们全都拿到楼下,放到了后门外的新架子上。妈妈则开始对小储藏室进行大扫除。

米莉·茉莉·曼迪帮忙擦窗户——"这样的话,我的果酱罐就能看见外面的风景啦!"妈妈说。

第二天,米莉·茉莉·曼迪在谷仓里碰到了爸爸,他正在一个桶里搅拌彩色涂料。那些颜色真美丽,就像淡淡的迎春花的颜色。米莉·茉莉·曼迪拿着一根小棍在颜料桶里搅动着玩了一会儿,问爸爸:"这些颜料是用来干吗的?"

爸爸说:"我要用它重新刷一下小储藏室里的墙面和天花板。"后来,他又补充道:"这样会不会让果酱罐子觉得心情更愉快呢?"

米莉·茉莉·曼迪回答说,她敢保证果酱罐子们

一定会超级喜欢!(这真是太好玩了!)

　　过了一会儿,妈妈派米莉·茉莉·曼迪去村里斯迈尔先生的杂货店,买一包绿色的染料。妈妈用这些染料把几张旧窗帘染成了崭新的绿色,她要把窗帘挂在小储藏室的窗户上。"因为,"妈妈说道,"从外面看上去,窗子光秃秃的,太空了。"

　　妈妈还说要把米莉·茉莉·曼迪小床上的床单也染一染色(她的小床放在爸爸妈妈房间的一个角落里),因为她的小床单已经快洗成白色了,这样米莉·茉莉·曼迪就有一张漂亮的新床单了。

到了下一个星期六的时候，爷爷在集市上买到了一个小小的抽屉柜，他把它放在马车后面带了回来。他说："真是捡了便宜货呢。"他还说，小柜子也许正好可以摆放在小储藏室里放东西呢。

妈妈说，对呀，正好派上用场。可是，它看上去有点破旧。所以本来正在给牲口棚的门刷漆的叔叔，也给小柜子刷上了漂亮的苹果绿。于是它一下子脱胎换骨，变成了一个非常漂亮的小柜子了呢。

"好了，"叔叔说，"这下它可以让放在它里面的任何一种果酱都变得香甜可口了！"

不过现在，米莉·茉莉·曼迪觉得，小储藏室被大人们装饰得太漂亮了，只用来储存果酱是不是太可惜。

这时，婶婶说她和叔叔需要在房间里放一面新镜子，她问妈妈能不能把他们的旧镜子放到储藏室里去。当妈妈同意以后，叔叔说正好可以把剩下的绿色涂料给用光，也就可以把涂料罐给扔掉了。于是他把镜子的边框涂成了绿色，现在小镜子看起来完全像一面新镜子了。

"果酱罐可不喜欢照镜子。"米莉·茉莉·曼迪这么说,是因为她觉得小镜子太漂亮,放到储藏室真是可惜了。

"噢,可是,镜子能让房间显得更明亮。"妈妈说。

然后,米莉·茉莉·曼迪又碰到奶奶,她正在给一块粗麻布绣一只小鸟。那是一只知更鸟,有着棕色的背脊和红色的前胸。米莉·茉莉·曼迪觉得那块布料可真好看,她想知道奶奶要用这块布来做什么。

奶奶回答说:"如果把这块布放在小储藏室的小柜子上的话,一定会非常好看。"过了一会儿,她又说:"还能逗果酱罐子开心。"

米莉·茉莉·曼迪笑起来,她求奶奶告诉她那块漂亮的布到底要用来做什么,但是奶奶却只是咯咯地笑,说真的只是用来逗果酱罐子开心的。

第二天,当米莉·茉莉·曼迪放学回家的时候,妈妈说:"米莉·茉莉·曼迪,我们已经把小储藏室收拾得井井有条,现在,你愿意上去帮我拿一罐果酱下来吗?"

米莉·茉莉·曼迪说:"好的,妈妈,需要哪一种果酱呢?"

爸爸说:"黑莓果酱。"

爷爷说:"姜果酱。"

奶奶说:"红醋栗果酱。"

叔叔说:"草莓果酱。"

婶婶说:"覆盆子果酱。"

可是妈妈却说:"把你喜欢的果酱都拿来,米莉·茉莉·曼迪。"

米莉·茉莉·曼迪觉得一定有什么有趣的事情要发生,因为爸爸妈妈、爷爷奶奶和叔叔婶婶全都一副笑意盈盈的样子,但是米莉·茉莉·曼迪依旧上楼前往储藏室了。

当她打开门的时候……她看到了……

当她打开门的时候……她看到了……

她的小床被搬到了储藏室，上面铺着绿色的床单。小窗户上挂着的绿色窗帘正随风轻摆，窗台上还放着一盆旱金莲。绿色的小柜子上铺着有小鸟装饰的桌布。绿色的小镜子挂在淡黄色的墙上，映照着米莉·茉莉·曼迪的小脸蛋。

米莉·茉莉·曼迪现在终于明白了，原来小储藏室已经被家人布置成了她自己的小卧室呀，她不停地发出惊讶的喊声："哦，噢，啊！"不过她的声音很小，接着她又在房间里转来转去地看呀看。

然后，她悄悄地回到厨房，紧紧地拥抱了爸爸妈妈、爷爷奶奶、叔叔婶婶——他们全都说她就是他们最喜欢的果酱罐子，还假装要把她给吃掉呢。

米莉·茉莉·曼迪简直迫不及待地希望时间快点到晚上，因为她太想到属于自己的房间里去睡觉。

13
米莉·茉莉·曼迪参加音乐会

很久以前,米莉·茉莉·曼迪和爸爸妈妈、爷爷奶奶、叔叔婶婶一起去参加了一场成人音乐会。(他们全都买了票。)

音乐会在村委会里举行,时间从晚上7点到9点。这个时间对米莉·茉莉·曼迪来说有点晚,但她很高兴。要知道,这不是一场普通的音乐会,因为在普通的音乐会上,唱歌和表演的人都是你不认识的人。

而这场音乐却非常特别，也特别重要。因为婶婶要在舞台上弹钢琴，在哈伯太太的面包店帮忙的年轻姑娘也要登台献唱，还有一些米莉·茉莉·曼迪听说过的人们也要参加演出，因此这是一场特别令人激动的音乐会。

婶婶的脖子上围着一条崭新的淡紫色丝绸围巾，还戴了一顶新帽子，她的手帕上还洒了香水，那是米莉·茉莉·曼迪在上一个圣诞节送给她的薰衣草香水。

米莉·茉莉·曼迪为此骄傲，因为自己送的东西终于在如此特别的时刻派上了用场。（婶婶也在米莉·茉莉·曼迪的手帕上滴了一滴香水。）

他们各自穿上自己最好的衣服和鞋子，在跟小狗托比和小猫托茜说过再见以后，就往村里出发了——"他们"是爸爸妈妈、爷爷奶奶、叔叔婶婶和米莉·茉莉·曼迪。他们还差一点就把门票给忘在了壁炉架上面，幸亏妈妈及时记起才没有误事。

当全家人来到音乐会现场的时候，已经有几个观众早早地坐在了自己的座位上。哈伯先生和哈伯太太

以及在他们店里帮忙的年轻姑娘坐在前排，布兰特先生和布兰特太太，还有莫格斯先生与莫格斯太太（小伙伴苏珊的爸爸妈妈）坐在他们后面。（比利·布兰特和小伙伴苏珊也到了，不过因为他们不像米莉·茉莉·曼迪那样，有个婶婶会参加音乐会的表演，所以音乐会对他们来说，意义不像对米莉·茉莉·曼迪那样重要，因此来早来迟都是一样。）

　　舞台布置得很漂亮，植物被装饰着绿色的皱纹纸。钢琴放在舞台中间，早已为婶婶准备就绪。观众陆续到达，很快大厅就坐满了人，人们窃窃私语，讨论着节目的安排。接着人们开始鼓掌，米莉·茉莉·曼迪看到一些女士和男士带着小提琴和其他乐器沿着台阶走上了舞台，他们个个表情都很严肃。一位女士在钢琴上按下了一个或者两个键，而拿着小提琴的乐手径直拉出了一段好笑的声音。（妈妈说他们是在调音。）接着，他们开始正式的演奏，音乐会拉开了帷幕。

　　米莉·茉莉·曼迪喜欢极了，当音乐结束的时候，她使劲地鼓掌，其他观众也同样热烈地鼓起掌来。接下来，有时候是一个人独唱，有时候是很多人合唱，还有时是一个人弹钢琴，而另一个人唱好玩的歌（歌曲太好笑，逗得米莉·茉莉·曼迪和全部人都哈哈笑）。

但是米莉·茉莉·曼迪最期待的却是婶婶的钢琴演奏。

她小声地问妈妈，婶婶什么时候才开始演出。这时，她听到了一阵奇怪的微弱的声音，就像小狗走在木头地板上的声音。她看看四周，发现大厅后面的人正微笑着四处张望，到处指指点点。

不一会儿，她发觉有一个冰冷潮湿的小鼻子正在蹭自己的腿，一个毛茸茸的白色东西从她的椅子下面钻了出来。

米莉·茉莉·曼迪低头一看，是自己的小狗托比（它没买票就溜进来了）。托比满脸高兴的样子，仿佛在说，我可找到你们了！

米莉·茉莉·曼迪看到小狗托比，吃惊极了，妈妈也同样惊讶。她小声地说："淘气的托比！"爸爸则把托比推到了椅子底下，让它乖乖地躺在地上。这个

时候，他们也不方便把托比带出大厅，因为那样会干扰音乐会的正常演出。

所以托比就趴在原地，免费听起音乐会来。米莉·茉莉·曼迪不时地把手伸到座位下面，小狗托比舔舔她的手，半蹲着摇尾巴。爸爸却说："嘘！"于是米莉·茉莉·曼迪赶紧把手缩回来，小狗托比又重新坐好，不过他们都很喜欢彼此的亲昵和陪伴。

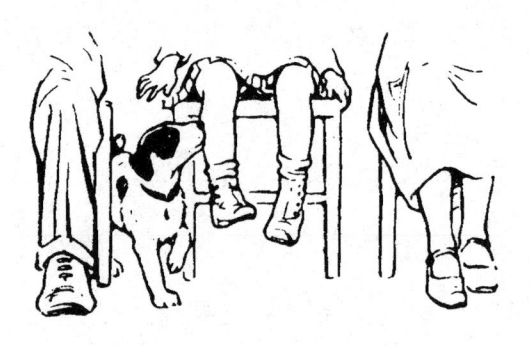

接下来，轮到在哈伯太太家蛋糕店帮忙的年轻姑娘唱歌了，由婶婶为她进行钢琴伴奏。只见那位姑娘一站起身，手提袋就掉了下来；婶婶也站起身，可乐谱掉在了地上。（小狗托比被吓了一跳！）但是它们很快被捡了起来，然后婶婶和年轻姑娘一起走上了舞台。

你猜谁跟在她们身后走上了舞台？

哎呀，是小狗托比！瞧瞧托比，它还以为婶婶示意它跟在身后呢！

全部人都笑了起来，婶婶指着托比，让它快下去。可是托比好像完全不明白婶婶的意思，反而躲到钢琴后面，再也不肯出来。

婶婶只好开始演奏，年轻姑娘开始歌唱。小狗托比时不时地从钢琴后面露出小脸，大家都尽可能地不去注意它，要不然谁能忍得住笑呢。

幸好婶婶的演奏非常完美，年轻姑娘也发挥得非常不错。当歌曲唱完的时候，米莉·茉莉·曼迪和其他观众使劲地鼓着掌。因为他们鼓掌的声音实在是太大了，以至于托比突然汪汪大叫起来，惹得全体观众再次爆发阵阵笑声。

他们又想了个办法想把托比从舞台上弄下来，可是托比就是不肯。

爸爸说："米莉·茉莉·曼迪，你去看看能不能逮住托比。"

于是米莉·茉莉·曼迪从自己的座位上滑下来，穿过人群，爬上舞台的台阶（来到所有观众面前）。

她说:"托比,到我这儿来!"就在钢琴的后面,托比伸出鼻子,嗅了嗅米莉·茉莉·曼迪的小手,米莉·茉莉·曼迪趁机抓住了托比的项圈,把它给拖了出来。

米莉·茉莉·曼迪抱着托比穿过舞台,大家都笑了起来。其中有个人(我猜是铁匠先生)大喊起来:"好极了!再来一次!"还带头鼓起了掌。

米莉·茉莉·曼迪(她觉得浑身发热)赶紧加快脚步,沿着台阶走下舞台,调皮的托比趁机把米莉·茉莉·曼迪的脸颊和头发舔了个遍。

后面的节目没几个了,于是米莉·茉莉·曼迪抱着小狗托比,站在大厅的后排听完了音乐会。接着,人们蜂拥到了门口,米莉·茉莉·曼迪则在门口等着爸爸妈妈、爷爷奶奶、叔叔婶婶从里面出来。这时,许多人都朝着米莉·茉莉·曼迪和小狗托比微笑起来。

邮差杰克斯先生和他的太太走过的时候,说道:"哎呀,哎呀,小姑娘,我真没想到你这么一会儿就成了个小明星呀!"他的话逗得米莉·茉莉·曼迪也

调皮的托比趁机把米莉・茉莉・曼迪的脸颊和头发舔了个遍。

笑了起来。

跟着走过来的是铁匠拉奇先生,他一本正经地说道:"你和托比为我们提供了一场完美的演出,如果我事先知道有这个节目的话,一定送你们一人一大束花!"米莉·茉莉·曼迪很喜欢铁匠先生,觉得他真是一个大好人。

"哎呀,"当全家人一起在夜色中往家里走时,婶婶说,"如果知道今晚托比要上舞台的话,我们就该给它洗洗澡,戴上一个新项圈才是呀!"

14

米莉·茉莉·曼迪的妈妈去旅行

很久以前,米莉·茉莉·曼迪的妈妈要离开他们那幢盖着稻草屋顶的白色小茅屋去度假,而且时间长达两周之久。

米莉·茉莉·曼迪的妈妈很少离家去度假——在米莉·茉莉·曼迪的记忆里,妈妈只在很久以前出过一次门(而且只离开了两天)。

妈妈在隔壁小镇上有个朋友,叫胡克太太,正是她给妈妈发出了邀请。胡克太太想去海边度假,但她又不想一个人孤孤单单地去,那样一定不好玩。于是她写信给米莉·茉莉·曼迪的妈妈,邀请她和自己一起去海边。

妈妈一读完信,就感叹胡克太太真是个好人,可是她怎么走得开呢,因为她无法想象爸爸、爷爷奶奶、叔叔婶婶和米莉·茉莉·曼迪离开自己该怎么生活。她每天得为大家做饭、洗衣服,以及其他各种

家务。

不过婶婶说她能试着给大家做饭、洗衣以及做其他家务；奶奶说她能帮婶婶打扫卫生；米莉·茉莉·曼迪则说她会尽自己所能帮助她们；爸爸、爷爷和叔叔则说他们保证不会太挑剔，也不会给主妇们增加太多麻烦。

所以，家里所有人都央求妈妈给胡克太太回信，表示接受她的邀请。于是，妈妈就遵从大家的心意，给胡克太太回了信。妈妈好激动呀。（米莉·茉莉·曼迪也替妈妈感到激动不已。）

然后，妈妈买了一顶新帽子、一件衬衫和一把遮阳伞，她把它们和自己所有的宝贝都塞进了旅行箱里（米莉·茉莉·曼迪还帮着妈妈一起收拾呢）。

后来，妈妈吻别了爷爷奶奶、叔叔婶婶，拥抱了米莉·茉莉·曼迪之后，由爸爸驾着家里的小马车送妈妈去邻镇，在那里的车站与胡克太太碰头，然后一起坐火车去海边。（妈妈

在车站和爸爸吻别后就上车了。）

于是爸爸、爷爷奶奶、叔叔婶婶和米莉·茉莉·曼迪得自己想办法努力度过整整两周时间。妈妈将不在家那么久，他们很不习惯呢。

米莉·茉莉·曼迪总要忘记妈妈已经出门这件事。往常她一放学总是冲进家门，告诉妈妈今天在学校发生的所有事情，可是今天当她走进厨房时，却失望地发现穿着妈妈的围裙、弯着腰在厨房忙活的并不是妈妈，而是婶婶。爸爸也总是把头靠在厨房门上，说："波丽，你能——"然后他又猛然想起，自己的波丽正在海边度过愉快的长假呢。（波丽当然就是妈妈的名字。）

起初，当他们意识到妈妈真的离开家了，还感到很新鲜，不过等待妈妈回来的时间却让他们觉得特别特别的漫长。

有一天，爸爸说："我有一个计划——不过，我不知道你们会不会觉得这是个好主意——趁着波丽不在家，不如我们……"

接着，爸爸把整个计划告诉了大家。爷爷奶

奶、叔叔婶婶都觉得那个计划很不错,当然米莉·茉莉·曼迪也觉得很好。(可是我不能告诉你那是怎样一个计划,因为那是一个惊喜。你也知道,一旦秘密告诉了别人会发生什么!不过我可以告诉你的是,他们把厨房、清洗室和厨房外面的走廊弄得乱七八糟,所有的东西都乱了套。现在,他们吃饭就像在外面野餐一样,甚至还比不上野餐呢——尽管如此,米莉·茉莉·曼迪还是觉得很好玩。)

好了,现在他们一有空就为这个计划而努力工作,家里被弄得乱七八糟他们也毫不在意,因为一想到当妈妈回来时会多么惊喜,他们就觉得好玩极了。

有一天,爷爷说:"我有一件更有意义的事情想要做,一定会让波丽感到很开心。我想这个绝好的计划最好现在就开始,计划是这样的……"

接着,爷爷把计划一五一十地告诉了大家。爸爸、奶奶和叔叔婶婶都认为这个计划好极了,当然,米莉·茉莉·曼迪也觉得这个计划棒极了。(可是我也不能把这个计划告诉你!——不过我能告诉你的是,爷爷已经开始忙着在花园里挖地播种了,赶集日的那天，他还从市场上用马车拉回来一大盒东西，而米莉·茉莉·曼迪也在一旁帮忙。）

后来叔叔又有了个新的计划，爸爸、爷爷、奶奶和婶婶都觉得这计划不错，米莉·茉莉·曼迪也觉得很好。（这是个秘密，一定要记住哦！——不过我能告诉你的是，叔叔找来了许多木头、一些钉子和一把锤子，每天晚上，当他把小鸡关进鸡舍以后——他把那称作"伺候它们上床"，就开始整晚整晚地忙活了。）

可是后来奶奶和婶婶也有了新的计划，爸爸、爷爷和叔叔觉得这个计划也很好，米莉·茉莉·曼迪也觉得很不错。（我能透露给你的就是，奶奶、婶婶和米莉·茉莉·曼迪为了这件事啊，把自己弄得蓬头垢面，害得全家人整整一个星期都没有下午茶的点心蛋糕吃，因为婶婶太忙了，厨房又太乱了。不过谁都不太介意这事，因为一想到当妈妈回来时露出的惊讶表情，他们就觉得很有趣。）

妈妈终于回来了！

在偷偷溜走的这两个星期里，全家人在家中——那幢盖着稻草屋顶的白色小茅屋——一直忙活着。不过他们不想直接揭开这个秘密,于是婶婶烤好了下午茶的点心——小蛋糕,米莉·茉莉·曼迪则在花瓶里插满了花。

当爸爸扶着妈妈从小马车上下来时,大家都差点认不出她来了,但那就是她!她戴着她的新帽子,皮肤在海滩上晒成了棕色,回到家的妈妈开心极了!

妈妈吻了家里的每个人,并紧紧地拥抱了米莉·茉莉·曼迪!

然后大家一起往屋里走。

妈妈刚走到门口,一眼就看到了漂亮的新走廊。新走廊干干净净,还新刷了漆!这是妈妈得到的第一个惊喜！

接着，她上楼去放好行李，当她下楼来到厨房，一进门就发现了一个漂亮的新厨房——新厨房干净明亮，天花板和墙面被粉刷一新！这是妈妈得到的又一个惊喜！

他们开始喝下午茶（婶婶做的蛋糕很美味，不过比起妈妈做的还差那么一点儿），妈妈帮忙从清洁室里拿来干净的茶杯和碟子，一到门口，她就看到了一个漂亮的新房间，到处干干净净，粉刷一新！妈妈再次感到惊喜无比！

她把杯子放在滤水板上，往窗外一看，一眼就看到了一个开满花朵的全新的花园，垃圾桶还被巧妙地隐藏在了一个格子栅栏里面，妈妈真是又惊又喜！

后来，妈妈回到楼上，将行李打开整理。当她整理好行李箱以后，爷爷将行李箱搬到了阁楼，妈妈一打开阁楼门时，立刻看到一个漂亮整洁、被彻底打扫得十分干净的新阁楼！

妈妈激动得什么话也说不出来，心想，当自己在偷闲度假的时候，家里这群可爱淘气的亲人却如此努力地工作着！爸爸、爷爷奶奶、叔叔婶婶和米莉·茉莉·曼迪都感到十分高兴，他们都说偶尔任性调皮一下可真好！

然后，妈妈拿出了送给大家的礼物。猜猜看，米莉·茉莉·曼迪得到了一个什么样的礼物？（妈妈的礼物，除了在沙滩上捡到的贝壳，还会有什么呢？）

哇！妈妈送给了米莉·茉莉·曼迪一条漂亮的蓝色晨袍，那是妈妈坐在太阳底下的海滩上和胡克太太一起，一边听着海浪翻滚，一边一针一线亲手给米莉·茉莉·曼迪缝的裙子呢！

爸爸、爷爷奶奶和叔叔婶婶，还有米莉·茉莉·曼迪一听，都说妈妈真不听话，度假的时候还要努力工作！

可是妈妈说她也喜欢偶尔不听话的感觉！米莉·茉莉·曼迪一看到这么漂亮的新晨袍，就迫不及待地直接穿上了呢！

接着，妈妈马上系上围裙，坚持要给自己的亲人们做一顿美味可口的晚餐，只有这样她才会觉得真正回到了家。

当妈妈下楼来到厨房，一进门就发现了一个漂亮的新厨房。

妈妈说，这真是一个十分完美的假期，但是回到这个盖着稻草屋顶的白色小茅屋时，仿佛又开启了一段全新的假期呢！

15

米莉·茉莉·曼迪去大海边

很久以前的某一天——你猜怎么着？马上就有人要带着米莉·茉莉·曼迪去海边玩了！

在此之前，米莉·茉莉·曼迪还从来没有见过大海，自从妈妈和她的朋友胡克太太，一起在海边度过了一段悠长的假期以后，妈妈总会给米莉·茉莉·曼迪讲起大海边水花飞溅的海浪、柔软的沙滩、小小的螃蟹，于是米莉·茉莉·曼迪就开始十分向往着去大海边玩。

爸爸妈妈、爷爷奶奶和叔叔婶婶也盼着米莉·茉莉·曼迪能去海边玩，因为他们知道她一定会非常喜欢大海。可惜他们都很忙，再说，你也知道的，度假得花不少钱呢。

于是，米莉·茉莉·曼迪就在草地附近的小河边玩"大海"的游戏，她和小伙伴苏珊、比利·布兰特一起，玩妈妈给她带回来的贝壳。（这个游戏真好玩，

可是米莉·茉莉·曼迪仍然期盼着能够到真正的大海边去玩。)

有一天,小伙伴苏珊和她的妈妈,还有她的小妹妹去海边一个亲戚家寄宿了几天。小伙伴苏珊给米莉·茉莉·曼迪寄来了一张明信片,她告诉米莉·茉莉·曼迪大海实在是太可爱了,她多希望米莉·茉莉·曼迪也能来呀。莫格斯太太也给米莉·茉莉·曼迪的妈妈寄了一张明信片,她问她们是否有人方便来一次一天的短途旅行,比如说星期六的时候?

爸爸妈妈、爷爷奶奶和叔叔婶婶都认为该有所行动了,于是他们讨论了一下这件事,米莉·茉莉·曼迪则在一旁认真倾听。

爸爸说自己走不开,因为他该收割地里的土豆了;妈妈说她也不能走,因为就要到烘焙日了,再说,她才刚刚从海边度假回来;爷爷说他也去不了,因为马上就到赶集日了;奶奶说她一点也不喜欢乘坐火车去旅行;叔叔则说自己养的奶牛和小鸡可离不开人。

但是他们都一致同意说婶婶可以暂时离开一天,

家务活一天不做倒也没关系。

婶婶说:"哎呀,那我就要和米莉·茉莉·曼迪一起享受快乐了。"说完,她和米莉·茉莉·曼迪热烈地拥抱起来,这实在太令人激动了。

米莉·茉莉·曼迪马上跑去把这事告诉了比利·布兰特,因为她觉得这样的好事如果不跟人说一说的话,自己会憋死的。比利·布兰特也好想去,可是他的爸爸妈妈忙得根本没有时间陪他度假。

米莉·茉莉·曼迪回家把比利·布兰特的情况告诉了婶婶。婶婶说:"你去告诉比利·布兰特,让他问问他的妈妈可不可以让他一个人跟着我们去玩,我会负责照管他!"

比利·布兰特和他的妈妈都觉得米莉的婶婶实在是一个热心人,他的妈妈很乐意让比利·布兰特与她们同行!

米莉·茉莉·曼迪高兴地蹦了起来,比利·布兰特也很高兴,不过他没有蹦蹦跳跳,因为他觉得那样做太幼稚了。(其实他的年纪并不大!)

现在他们可以开始计划星期六的海边度假事宜

了，想想都觉得太好玩了呀。

妈妈把自己的一套旧泳装改短，送给了米莉·茉莉·曼迪，剪下来的那截布她用来做了一朵花，缝在泳衣的肩部（泳衣现在看起来非常时髦呢）。比利·布兰特从另一个男孩那里借来了一套泳装。（不过这套泳装的肩部可没有缝着花，当然也不应该有花啰！）

比利·布兰特对米莉·茉莉·曼迪说："你既然已经有了泳装，那我们可能需要好好练习一下游泳才行啊。"

可是米莉·茉莉·曼迪却说："哪里来那么多水让我们练习游泳呀。"

比利·布兰特说："在空气里练习呗，总比什么都没有要强吧！"

于是他们从谷仓里搬来两个旧箱子，放到了院子里，他们趴在箱子上面，伸展胳膊，后蹬两腿，就像真的在游泳一样。来拿独轮车的叔叔看到他们时，说看到他们这样练习，自己好像也觉得很凉快呢！

叔叔教他们正确的游泳姿势，比如如何用手划水。他观看他们练习的时候，还不停地喊着："保持平衡，节奏均匀地往前游，别太快了！"

接着，叔叔亲自趴在箱子上，给他们示范如何游泳。（他看上去太好笑了！）他们又试了几次，叔叔说现在看起来好多了。

他们就这样一直不停地练习着，直到累得气喘吁吁才停了下来。他们假装从盒子上往下跳，假装扑通落水溅起水花，再吞一大口空气游到门口，抖落身上的水，并用旧麻布袋擦干身体——真好玩呀，就像真的在大海里游泳似的！

星期六终于到了，婶婶和米莉·茉莉·曼迪在九点钟的时候，与比利·布兰特在十字路口集合。他们一起乘着那辆红色的公交车去下一个镇上的车站，然后再赶火车。咔哒咔哒，咔哒咔哒，他们坐着火车往海边出发了。

当他们终于到达目的地、从火车上下来，知道再往前走一段路就能够到达海边的时候，你完全想象不到他们有多激动！当他们就要到达海边的时候，米

莉·茉莉·曼迪激动地闭上了眼睛。

于是比利·布兰特(他以前看过一次大海了)牵着米莉·茉莉·曼迪来到了沙滩边,突然,他说:"现在睁开眼睛,快看!"

面前就是宽阔的大海,水光在太阳底下闪耀着金光。小伙伴苏珊光着脚丫,高高卷起裙子,沿着沙滩奔跑过来迎接她的好朋友,而莫格斯太太和小莫格斯正坐在木制的防浪堤前。

这是不是很好玩呢!

他们脱下鞋子和袜子,扔掉帽子,还想把衣服也脱掉,跳进海里去游泳。不过婶婶说他们必须先吃完午餐才能来玩。于是他们围坐在一起,吃着婶婶带来的三明治、蛋糕和水果，莫格斯太太也从篮子里拿出自己带来的食物。

接着，他们和小莫格斯一起开始玩沙（小家伙很喜欢把腿埋在沙子里）。他们刨开沙子，找到了螃蟹（不过他们没有把螃蟹从水里捉走）。

婶婶和莫格斯太太对孩子们说，现在如果他们愿意，可以开始游泳了。于是，米莉·茉莉·曼迪躲在婶婶背后脱下衣服（这是一个十分安静、少有人来的海滩），小伙伴苏珊则藏在莫格斯太太身后脱下衣服，比利·布兰特则跑到防浪堤后面换衣服。

孩子们穿上泳装，跑到海边，跳进水里。（小伙伴苏珊觉得米莉·茉莉·曼迪的泳装实在是太时髦了，肩上还缀着一朵花！）

可是，我的天哪！在水里游和在地上游完全是两码事，即便是微小的波浪扑来，米莉·茉莉·曼迪也很难控制自己的平衡。比利·布兰特满脸痛苦地在水里扑腾着，看上去倒是像在游泳的样子，不过，当米莉·茉莉·曼迪问他时，他却回答道："不！我只有胳膊在划，腿却踩着地走呢！"

孩子们穿上泳装，跑到海边，跳进水里。

真是奇怪呀，在院子里练习的时候，游泳好像一点也不难啊！

不过他们还是继续假装游泳，直到婶婶喊他们才从水里出来。他们用毛巾擦干身体，重新穿上了自己的衣服。比利·布兰特说："哎呀，不管怎么说，我们就快要学会游泳了，比以前进步多了。"米莉·茉莉·曼迪则说，也许下次脚就能浮起来一分钟了，小伙伴苏珊则说她敢肯定自己刚才吞下了一只虾！（不过，那也许只是她开的玩笑。）

后来，他们一直在岩石间的水潭里玩耍，在沙滩上喝下午茶。喝完茶以后，莫格斯太太、小莫格斯和小伙伴苏珊一起往寄宿的地方走去；婶婶和米莉·茉莉·曼迪、比利·布兰特则一起上了火车，咔哒咔哒，咔哒咔哒，一路往家赶！

当米莉·茉莉·曼迪终于回到那幢屋顶盖着稻草的白色小茅屋时，已经困得不行了，她和爸爸妈妈、爷爷奶奶、叔叔婶婶——亲吻完毕、道完晚安之后，就爬上床迅速进入了梦乡！

16

米莉·茉莉·曼迪照料小宝宝

很久以前,米莉·茉莉·曼迪不得不照料一个小小的宝宝。

那是一个你能想象到的最最好玩的小宝宝。米莉·茉莉·曼迪不得不照料它,因为没人能够照管它。米莉·茉莉·曼迪找不到它的妈妈,找不到它的爸爸,也找不到它的任何亲人,所以她只得把它带回了家,亲自来照料它。(因为,你当然不能把一个小宝宝独自留在树林里,特别是周围没人来照看它的时候)。

事情是这样发生的。

那天,米莉·茉莉·曼迪想找一些橡子壳(橡子壳最适合做布娃娃的小碗,还有火柴盒小车的轮子,以及类似的小玩意),而小伙伴苏珊要忙着照看她的小妹妹,所以米莉·茉莉·曼迪独自带着小狗托比去寻找橡子壳。

当她正在四处寻找橡子壳的时候,听到了一阵叽叽喳喳的吵闹声。米莉·茉莉·曼迪自言自语道："真想知道这是什么鸟在叫。"接着,她找到了一颗熟透了的黑莓,就忘记了刚才听到的吵闹声。

过了一会儿,米莉·茉莉·曼迪又自言自语道:"到底是什么鸟一直叫个不停呀?"这时,小狗托比找到了一个兔子洞,于是米莉·茉莉·曼迪再一次暂时忘掉了刚才的吵闹声。

又过了一会儿,米莉·茉莉·曼迪又自言自语道:"那只鸟的叫声听起来好像很着急。"说完,米莉·茉莉·曼迪朝着一片灌木丛中的空地走去,嘈杂的吵闹声正是从那里传来的。

当她走到那里的时候,发现刚才的声音并不是从树上传来的,而是从低矮的灌木丛下面传来的。当她走到灌木丛那里时,吵闹声戛然而止。

米莉·茉莉·曼迪心想,一定是自己吓着它了,于是她大声地说:"好了好了,别害怕,是我!"她

的语气尽可能地柔和。接着,她用手往荆棘丛里捅了捅,可是什么也没找到,只发现了很多的刺。

突然,在荆棘丛的另一头,米莉·茉莉·曼迪和小狗托比同时发现了发出吵闹声的那个东西。它被吓坏了,把自己紧紧地蜷成一个小刺球,它比米莉·茉莉·曼迪在玛金斯小姐的商店里买的印度橡胶球大不了多少。

你猜猜它是什么。它是一只好小好小的刺猬宝宝!

米莉·茉莉·曼迪激动坏了!小狗托比也激动得不得了!米莉·茉莉·曼迪十分坚决地说:"不,托比!安静,托比!"说完,她捡起刺猬宝宝,把它放在了一片欧洲蕨的叶子上面(尽管叶子很小,但是刺猬宝宝更小),她看到刺猬宝宝那柔软的小鼻子在满身的刺中颤抖着。

米莉·茉莉·曼迪四处寻找,想要找到小刺猬的窝(因为她可不想把它从它的家人身边给带走),可是她找来找去也没有找到。刺猬宝宝发出尖叫，呼唤着它的妈妈，可是它的妈妈没有出现。

所以米莉·茉莉·曼迪轻声地安慰着它："别担心，亲爱的，我会带你回家，我会照顾你的！"

于是米莉·茉莉·曼迪小心翼翼地用双手捧着刺猬宝宝。紧紧蜷缩着的小刺猬稍稍放松了一点，柔软的小鼻子颤抖地嗅着米莉·茉莉·曼迪的手指，好像那是可以吃的好东西一样。它不停地尖叫着，看上去是饿坏了。米莉·茉莉·曼迪赶紧加快脚步，小狗托比在她的一侧雀跃奔跑，终于她们回到了家——那幢屋顶盖着稻草的白色小茅屋。

爸爸妈妈、爷爷奶奶和叔叔婶婶都对刺猬宝宝非常感兴趣。

妈妈倒了一碟牛奶，放在炉子上温热，接着她们用热牛奶喂给刺猬宝宝喝。可是刺猬宝宝太小了，还不会从碟子里舔牛奶，它也还不会从米莉·茉莉·曼迪的手指头上舔牛奶。所以她们一直耐心地等待着，当刺猬宝宝张开嘴巴尖叫的时候，她们就用爸爸的钢笔吸墨器挤几滴牛奶在它的嘴巴里。

爸爸妈妈、爷爷奶奶和叔叔婶婶都对刺猬宝宝非常感兴趣。

喝完牛奶的刺猬宝宝变得高兴了一点，米莉·茉莉·曼迪用一个铺满干草的小盒子替它做了一个窝。可是当她把刺猬宝宝放进窝里的时候，刺猬宝宝却不停尖叫，似乎在找寻它温暖的好妈妈，直到米莉·茉莉·曼迪把它从盒子里拿出来放在手上，它才停止尖叫。接着它又舒服地蜷成一团，躺在米莉·茉莉·曼迪的手上睡着了。米莉·茉莉·曼迪站在那儿，轻声地咯咯笑起来——自己一定是被当成刺猬太太了，这事可真好笑！（但她很喜欢！）

当爸爸、爷爷和叔叔回到家吃午饭的时候，刺猬宝宝睡醒了，它又开始尖叫起来。叔叔把刺猬宝宝拿到自己的大手掌里，好好端详了一番，而米莉·茉莉·曼迪则又去找牛奶和吸墨器，好给刺猬宝宝喂食。

刺猬宝宝叫得好大声，叔叔说道："你好，贺拉斯！为什么这么吵呀？"米莉·茉莉·曼迪一听，还挺高兴，因为"贺拉斯"这个名字听起来很适合刺猬宝宝，反正没人知道它的妈妈给它取了一个什么名字。（不过我敢说，取的一定不是贺拉斯这个名字！）

米莉·茉莉·曼迪一整天都非常忙碌，每到一两个小时，她就得给贺拉斯喂一次奶。因为它浑身长刺，所以米莉·茉莉·曼迪只能用一块旧围巾把它给包裹起来——它现在看起来一定是你见过的最最有趣的戴着白围巾的小宝宝了！

睡觉时间一到，米莉·茉莉·曼迪就想把装着刺猬宝宝的盒子带到她的小房间里去。可是妈妈说不行，她说把它留在厨房就好了。她们在刺猬宝宝旁边放了一个热水瓶（那是一个用法兰绒布包起来的墨水瓶），让它能够在晚上暖暖和和地睡个好觉，然后米莉·茉莉·曼迪就放心地去睡觉了。

不过，当刺猬宝宝的妈妈真是一件特别重要的工作呀。夜里，米莉·茉莉·曼迪总会因挂念贺拉斯而醒来，担心它住在新家会不会感到孤单。

于是她偷偷地从床上爬起来，来到楼梯口，听着厨房的动静。

过了一会儿，她听到从厨房传来了一阵细微的叫声："吱吱！吱吱！"于是她赶紧穿上晨袍和拖鞋，急匆匆地溜下楼,来到厨房,小心翼翼地点亮了碗柜上的蜡烛。

她给贺拉斯喂了奶,小声地跟它聊了聊天,这样贺拉斯就不会再感到孤单了。然后她又把它放回到它的小床上,并吹灭了蜡烛,然后摸着黑爬上楼,溜上了床。(重新回到床上的感觉真好,好暖和呀!)

第二天,只要吸墨器一碰到贺拉斯,它就学会了张开嘴巴。(它还看不见,因为它的眼睛都还没有睁开——就像刚出生的狗宝宝或是猫宝宝一样。)很快,它就学会了吮吸吸墨器,就像小婴儿学会吸奶一样!它不停地生长,一周以后,刺猬宝宝终于睁开了眼睛。很快它就长出了小小的牙齿,还学会了嚼面包和从鸡蛋杯里吸奶喝,有时甚至还能吃一点肉和香蕉了呢。

现在,它成了一个真正的刺猬男孩,而不再是一个刺猬宝宝。米莉·茉莉·曼迪不再需要晚上起床给它喂食了。

米莉·茉莉·曼迪真为它骄傲。当小伙伴苏珊一放学就得急匆匆回家,去照顾她的小妹妹的时候,米莉·茉莉·曼迪也总是说自己得赶紧回家照顾贺拉斯呢。米莉·茉莉·曼迪总是带着贺拉斯在花园里散步,每当看到贺拉斯摆着小短腿,摇着小尾巴,摇摇摆摆地走路,鼻子在地面上嗅来嗅去的时候,米莉·茉莉·曼迪总是被它可笑的样子逗得哈哈大笑。当小狗托比汪汪叫时,贺拉斯就会立刻蜷曲身体,一秒钟就变成一个小刺球。但是当它放松下来,只要米莉·茉莉·曼迪一喊贺拉斯,它就立刻跑到米莉·茉莉·曼迪的手里。(它很喜欢和自己的这个"妈妈"在一起。)

有一天,待在厨房的干草盒子里的贺拉斯溜走了。大家找了很久都没有找到它,全家总动员四处寻找也不行。可是最后,你猜猜他们在哪里找到了它?——食品柜里!

"这下好了,"叔叔说,"贺拉斯知道怎么照顾自己了!"

从那以后,贺拉斯就被搬出了厨房,它的家被搬到了谷仓里面。每次喂食,米莉·茉莉·曼迪只能带上一小盘面包和牛奶去谷仓喂它,并在谷仓里和它一起玩耍,直到食物吃光为止。

后来,在一个起雾的早晨,大家又找不着贺拉斯了。于是全家一起出动——爸爸妈妈、爷爷奶奶、叔叔婶婶和米莉·茉莉·曼迪一起去找它。最后,一两天以后,正当爷爷给小马亮脚趾拖些干草出来吃的时候,你猜他找到了什么?一个小刺球正蜷成一团甜蜜地睡在干草堆里面呢!

贺拉斯钻在里面,打算整个冬天熟睡不醒,就像所有的刺猬一样!(爷爷说那样的睡眠就叫做"冬眠"。)

于是,爷爷和米莉用一堆干草包裹住小刺球,把它塞进了谷仓的一个大盒子里,还在旁边放了一小碗水(这样贺拉斯睡醒的时候,只要想喝水就有水喝了)。

然后,他们留下贺拉斯独自冬眠(它打着呼噜,呼呼大睡,外面冷风呼啸,大雪纷飞)。待到明年春天,贺拉斯就会醒来,又跑出来和她一起玩耍了!

(这是一个如假包换的真实故事呢!)

17

米莉·茉莉·曼迪去探险

很久以前的一个星期一,恰好逢着银行休息日。米莉·茉莉·曼迪已经盼望这个休息日很久了,因为她和比利·布兰特早就计划好了在这一天出门去探险。他们要一起去抓鱼。

真是令人激动!

他们打算早早起床,带上午餐盒,还要带上钓鱼竿、鱼线和果酱罐,然后沿着小溪去探险,打算玩到很晚才回家。

头天晚上睡觉之前,米莉·茉莉·曼迪就把自己需要的所有东西准备好,一一摆放在床边。这些东西是——一个新的锡制小水杯(喝水用的)、一个大瓶子(装饮用水)、一大袋奶油面包、一个鸡蛋和一根香蕉(这就是她的午餐)、一个果酱罐(用来装钓到的小鱼),还有一个绿色的小捕鱼网(用来抓小鱼),以及一些细绳子和安全别针(有备无患,很有用的东西)。最后,还有她的小书包(用来装东西)。要出门一整天的话,一定得随身带上不少东西才行呢。

当米莉·茉莉·曼迪在星期一这天早上醒来的时候,她心想:"哦,天哪!今天是个阴天呀,真希望不要下雨!"

可是不管怎样,她都知道自己一定会玩得很开心。于是她从床上一跃而起,洗洗漱漱,穿好衣服,戴上帽子,把小书包挎在肩上。

这时,阳光偷偷地从外面的大树缝隙中溜进了房间。米莉·茉莉·曼迪原以为这是个阴天,是因为她在太阳升起之前就起床了。此刻,她欢喜得蹦了起来,因为有这样的好天气,她相信自己一定会过得更快乐呢！

就在这时，外面传来了令人愉悦的沙沙声，就像是有人把一把沙子扔在了窗格上一样。米莉·茉莉·曼迪把头探出窗外，原来是比利·布兰特来了，他正啃着一片大大的奶油面包，冲着米莉·茉莉·曼迪咧嘴直笑呢。背着钓鱼竿、鱼线、果酱罐和鼓鼓囊囊的书包的比利·布兰特看上去很干练的样子呢。

米莉·茉莉·曼迪往窗外喊着："天气是不是特别棒呀？我马上就下来！"

比利·布兰特回答道："快来！赶紧！已经有点晚了。"

于是米莉·茉莉·曼迪迅速拿起自己的东西，冲下楼，经过爸爸妈妈的房间、爷爷奶奶的房间和叔叔婶婶的房间。她到厨房灌满装水的瓶子，拿上妈妈早给她准备好的厚厚的早餐奶油面包，打开后门，轻快地滑进清晨新鲜的空气

他们的银行行休息日的探险之旅开启了！

之中。

他们的银行休息日的探险之旅开启了!

"是不是很令人愉快呀!"米莉·茉莉·曼迪一蹦一跳地说道。

"嗯!快走!"比利·布兰特回答道。

于是他们走出后门,穿过草地,往小溪边走去。两人精神抖擞地走着,津津有味地享用着他们的奶油面包。

"我们应该走那条路,"比利·布兰特说,"因为那条路我们平时没怎么走过。"

"等我们找到一个好地方,就开始钓鱼。"米莉·茉莉·曼迪说。

"不过应该不用走太远。"比利·布兰特说。

于是他们继续精神抖擞地往前走(这时,他们带的奶油面包已经吃光了),那幢屋顶盖着稻草的白色小茅屋已经被他们远远地甩在身后,照耀在他们身上的阳光也变得热了起来。

"一整天都待在外面,看起来就像是真正的探险一样,不是吗?"米莉·茉莉·曼迪说,"我想知道现在几点钟了。"

"应该还没有到午餐时间,"比利·布兰特说,"不过现在吃饭的话我也吃得下。"

"我也是。"米莉·茉莉·曼迪说,"我们来喝点水好了。"于是两人各喝了一小杯水,不过他们舍不得喝太多,因为装水的瓶子装不了多少水。

小溪又泥泞又杂草丛生,溪水可不能拿来喝,但是这确实是一条很好玩的小溪。有一片被水草围住的水域,生长着许许多多的小蝌蚪。于是他们用手捧起了好多蝌蚪,并把它们装进了果酱罐里。他们兴趣盎然地看着罐子里的小蝌蚪摇着黑色的小尾巴游来游去,黑色的小嘴巴一张一合。两人继续往前走,看到小溪里有很多踏脚石,米莉·茉莉·曼迪和比利·布兰特终于有机会好好玩一番。

突然,比利·布兰特一只脚滑进了溪水中,他脱下靴子和袜子,并把它们挂在了脖子上。那模样太有趣了,于是米莉·茉莉·曼迪也脱下靴子和袜子,也把它们挂在脖子上。可是溪水和石头都太凉了,他们只好重新穿上靴子和袜子,这下,他们走路变得小心

翼翼。可是即便这么小心,米莉·茉莉·曼迪还是滑进了溪水里,裙子挂在了树枝上,纽扣也被扯掉了,所以她赶紧用安全别针把裙子给扣好。(你看,她随身携带安全别针是不是很有先见之明呢?)

不一会儿,他们遇到了一块巨大的长满苔藓的扁石头,米莉·茉莉·曼迪说:"我们正好可以在那里吃午饭,怎么样?我想知道现在几点钟了。"

比利·布兰特看看四周,想了想,说道:"可能就要到中午了。我不得不说,我们得快点吃,因为我们起来得太早,吃早餐的时间也太早。而且,这样还可以减轻负担。"

米莉·茉莉·曼迪说:"那我们就快把东西拿出来吃吧!这里真的是个好地方。"

于是他们把食物摆放在那块扁扁的大石头上面,水瓶和水杯摆在中间,看上去就有食欲呀。他们的肚子真是饿扁了,于是他们风卷残云般吃完了午饭。

味道好极了!

在他们身旁,装在果酱罐里的小蝌蚪摇着黑色的小尾巴游来游去,黑色的小嘴巴一张一合。米莉·茉莉·曼迪说:"我们把它们给抓走了,害得它们没午饭吃,对不对?要不把它们放了吧。"

比利·布兰特说:"也好。我们很快就会抓到真正的鱼。"

于是他们把全部的蝌蚪倒进了小溪里,小蝌蚪们马上摇着尾巴去找食吃了。

"看!那儿有鱼!"米莉·茉莉·曼迪指着小溪喊道。比利·布兰特赶紧拿来钓鱼竿和鱼线,满怀期待地准备钓鱼。

米莉·茉莉·曼迪沿着小溪往下游走了一截,用她的小鱼网在溪水里捞呀捞。很快,她就捕到了一条小鱼,并把它装进了果酱罐。她赶紧跑过去,把自己的战利品拿给比利·布兰特看。比利·布兰特说:"哈!"他觉得不用鱼竿和鱼线钓到的鱼根本就不能算数。

但是米莉·茉莉·曼迪才不喜欢用鱼竿和鱼线钓鱼的方式呢。

他们沿着河堤不停地钓鱼、捞鱼。他们有时会看到差不多两三英寸长的大鱼,这时,比利·布兰特总

是非常激动，他借来米莉·茉莉·曼迪的捞鱼网去捕鱼，他们的果酱罐里很快就装满了好多鱼。

"噢，我们要是把下午茶带来该多好，这样我们就可以在这儿多玩一会儿，不是吗？"米莉·茉莉·曼迪说。

"嗯，"比利·布兰特说，"只是该早做准备。现在，我想我们该回去了。"

最后，他们觉得肚子好饿、口好渴（瓶子里的水全都喝完了），于是他们开始收拾东西、整理背包，比利·布兰特也穿上了他的袜子和靴子。他们拖着疲倦的脚步往回走去，一会儿爬上河堤，一会儿又从河堤上下来，一会儿还从小溪里的踏脚石上跳过去。

当他们就快要到家的时候，米莉·茉莉·曼迪犹豫地说："我们的鱼该怎么办？"

比利·布兰特回答道："我们并不是真的需要它们，不是吗？我们只是需要一次捕鱼的探险之旅。"

于是他们数了数到底捕到了多少条鱼（一共15条呢），数完以后他们就把鱼倒回小溪里面，小鱼儿们像箭一般地游走去觅食了。

米莉·茉莉·曼迪和比利·布兰特穿过小草地，往那幢屋顶盖着稻草的白色小茅屋走去。他们觉得饿极了，盼望着可别错过喝下午茶的时间。

当他们走进家门时，爸爸妈妈、爷爷奶奶和叔叔婶婶正坐在桌旁，刚刚结束了——你猜是什么？

哎呀，他们刚刚才吃完了午饭！

米莉·茉莉·曼迪和比利·布兰特完全闹不明白这是怎么回事。不过当你那么早起床，出发去进行你的钓鱼冒险之旅，肚子又饿得那么厉害的时候，确实是很难准确判断出具体的时间的！

18

米莉·茉莉·曼迪帮忙补房顶

很久以前，在一个狂风大作的夜里，风呼啸着，把米莉·茉莉·曼迪都吵醒了好几次。

米莉·茉莉·曼迪的小阁楼卧室正好在稻草屋顶下面。她听到狂风吹打着屋顶，把她低矮的小窗户敲打得叮当作响，就连门也被吹得摇晃。

米莉·茉莉·曼迪吓得把睡衣拉上来捂住耳朵，这样才稍微能屏蔽一点噪音，也才能勉强入睡。在各自卧室里的爸爸妈妈、爷爷奶奶和叔叔婶婶也不例外。那天的风啊，真的是特别大！

第二天一早，米莉·茉莉·曼迪醒过来的时候，狂风依旧呼啸个不停，不过呢，风声比夜晚的时候又略微小了一些。

米莉·茉莉·曼迪坐在她的小床上面，心想："好吵闹的一个夜晚呀！"她朝卧室低矮的小窗户望去，想看看外面是不是下雨了。

你猜她看到了什么？哎呀，许多长长的稻草挂在外面的茅屋屋檐下，在风中使劲地摇摆个不停。米莉·茉莉·曼迪起床后，探头朝窗外看去——哎呀！有好多稻草掉在了草地上、花圃上，连树篱上也挂满了！

米莉·茉莉·曼迪往四周看了看，心想："难道夜里下的是稻草雨不成？"

接着她又使劲想了想，突然她大声喊道："噢！难道是风把我们漂亮的稻草屋顶给刮坏了？"

米莉·茉莉·曼迪没有片刻迟疑，光着脚跑到楼下爸爸妈妈的房间，大喊道："噢，爸爸妈妈！大风把我们家的稻草屋顶给刮掉了，花园里全都是稻草！"

爸爸一下子就从床上跳下来,在他的光脚丫上套上靴子,在他的睡衣外面套上外衣,跑了出去。妈妈也从床上跳下来,用床罩把米莉·茉莉·曼迪裹得严严实实,一起跑到窗前往外看去(可是从她们这个角度什么也看不到)。

爸爸回来了,他说房顶的一角确实被吹掉了,在房顶被完全刮坏之前,需要马上进行修补。于是每个人都开始把自己穿戴整齐。

米莉·茉莉·曼迪觉得很好玩——房顶都被刮跑了,大家却还端坐在那里吃早餐。她还有些暗自激动,所以当麦片粥都快喝完时她还以为自己刚开始吃早饭呢。

"您什么时候修补房顶呀?"米莉·茉莉·曼迪问,"一吃完早餐就处理吗?"

爸爸说:"是的,必须尽快进行修补!"

"您会怎么修补它呢?"米莉·茉莉·曼迪问道,"用一把长长的梯子吗?"

爸爸回答说："不，这对我来说是个大工程，我们必须捎话给盖屋匠科瑞齐先生，他会带一个长梯子来对屋顶进行修补的。"

因为爸爸不能亲自修补房顶，米莉·茉莉·曼迪觉得很遗憾，不过能亲眼看着科瑞齐先生修补屋顶也会是一件很有趣的事情吧。

吃过早餐，婶婶戴上帽子、穿上外套后，就带着爸爸要捎的话往村里去了。米莉·茉莉·曼迪也戴上了帽子、穿上了外套，和她一起去村里，因为她很想去看看盖屋匠先生住的地方到底是什么样子的。当她们走出家门时，大风又把房顶上的稻草刮掉了一些，正好打在她们身上。她们脚步匆忙地往前赶，沿着两边都是树篱的白色大路往前走，一刻不停地赶往村里。

当婶婶敲响科瑞齐先生家的门时（他住在鸭子池塘边上的一幢小木屋里），科瑞齐太太打开了门（她的围裙被大风刮起，像一面旗帜那样飞舞着，风实在太大了）。

科瑞齐太太说真是不好意思，科瑞齐先生不巧出门去给另一户人家修补屋顶了。她说科瑞齐先生最早也得等两三天才能来帮她们补房顶,因为他太忙了——"全都是这场大风干的好事。"科瑞齐太太说。

"天哪,天哪!"婶婶说,"那我们该怎么办才好呀?"

科瑞齐太太也很抱歉,但是她也不知道到底该怎么办才好。除了等科瑞齐先生回来还能怎么样呢?

"天哪,天哪!"婶婶说,"我们的屋顶要被风刮得越来越烂了。"婶婶和米莉·茉莉·曼迪跟科瑞齐太太道过早安以后,就从她家的小门走了出来,重新

上路回家了。

"现在只能爸爸自己修补屋顶了,是吗,婶婶?"米莉·茉莉·曼迪说。

"修补屋顶可不是一件容易的事儿啊,"婶婶说,"你得懂技术才行。我们要是知道怎么做就好了。"

她们沿着那条两旁种满树篱的白色大路往家走,婶婶说:"哎呀,一定有什么办法能解决这个难题。"米莉·茉莉·曼迪说:"爸爸一定有办法。"

于是她们紧紧地捂住头顶上的帽子,匆匆往家赶去。

当她们路过莫格斯太太家的小木屋时,她们看到小伙伴苏珊正在努力地把一块毛巾挂在绳上。狂风依旧刮着,几乎就要把苏珊包在那块大毛巾里面了。

米莉·茉莉·曼迪朝她喊道:"你好,苏珊!我家的屋顶被风给刮跑了,盖屋匠科瑞齐先生又不能来帮我们修房顶,所以只有爸爸自己来修。你要不要跟我去看看呀?"小伙伴苏珊一听就产生了兴趣,于是她一晾好毛巾就跟着米莉·茉莉·曼迪她们一起走了。

当爸爸妈妈、爷爷奶奶和叔叔婶婶听到这个消息时，全都面面相觑，喃喃自语道："天哪！天哪！"只有米莉·茉莉·曼迪还挺开心的，她说："现在您得亲自动手来修屋顶了，是吧，爸爸？"

爸爸看了叔叔一眼，说道："好吧，乔，你觉得如何？"大嗓门的叔叔回答说："好吧，约翰！"

于是爸爸和叔叔扣好夹克（这样风就不会冻到他们），搬来梯子（这样才够得到屋顶）和耙子（用来把稻草耙整齐），还有木钉（这样才能让屋顶牢固）。他们先搬来一把梯子爬到顶端，再加上另一把带着钩子的梯子才能爬到屋顶上作业；接着，爸爸找到了一大捆稻草，他们俩就忙忙碌碌地开工了。在科瑞齐先生赶来之前，他们必须尽可能地把屋顶上破了的洞修补好。

站在屋檐底下的米莉·茉莉·曼迪和小伙伴苏珊，也开始忙碌起来。她们忙着从树篱、花圃和草地上搜集掉落的稻草，把它们堆成一堆放在一个角落里，这样的话，当爸爸从屋顶上下来的时候，就正好可以抱给他拿去修补房顶。她们还帮着扶稳梯子，给

站在屋檐底下的米莉·茉莉·曼迪和小伙伴苏珊,也开始忙碌起来。

爸爸和叔叔递上一些小木棍，用来绑在屋顶的边缘。当爸爸和叔叔需要什么工具的时候，她们就去帮忙拿过来，她们可真是有用的小帮手呢。

很快，屋顶看上去比之前好多了。

后来，爸爸拿来一把大剪刀，咔嚓！咔嚓！咔嚓！爸爸将小阁楼窗户——就是米莉·茉莉·曼迪卧室的窗户——上方散乱的稻草修剪整齐。（米莉·茉莉·曼迪认为，这是给可爱的白色小茅屋好好地理了一次发！）接着，爸爸和叔叔在屋顶补过的地方铺上了一张大大的电线网，并用木钉固定住。（米莉·茉莉·曼迪认为这是给理好发的白色小茅屋套上了发网！）

现在，屋顶被修补得整整齐齐的了，他们不会再因为科瑞齐先生不能来及时修补屋顶而感到紧张和担心了。

"现在房顶是不是看上去很漂亮？"米莉·茉莉·曼迪说，"我就知道爸爸一定行！"

"哎呀，真是车到山前必有路，米莉·茉莉·曼迪！"爸爸说。不过呢，他的样子看上去似乎对自己很满意,叔叔也一样。

当妈妈、爷爷奶奶、婶婶和米莉·茉莉·曼迪看到屋顶重新又变得温暖舒适的时候,所有人都感到非常开心和满意呢!

19

米莉·茉莉·曼迪看家

很久以前的一个傍晚,米莉·茉莉·曼迪一个人被独自留在家中(那幢屋顶盖着稻草的漂亮的白色小茅屋)看家。

有一种叫做政治会议的东西要在邻村召开(米莉·茉莉·曼迪不知道那是什么意思,但是那种东西和投票相关,那种事情只有等你长大以后才能做),爸爸妈妈、爷爷奶奶和叔叔婶婶认为他们都必须去参加才行。

米莉·茉莉·曼迪说,如果有小伙伴苏珊陪自己的话,她不介意被独自留在家一会儿。

于是妈妈说:"很好,那么我们就去请你的小伙伴苏珊到家里来陪你。任何人敲门你都不能给他开,除非你知道他是谁。说不定我们会晚些回来,所以我会把晚饭给你准备好。"

小伙伴苏珊一听这个消息,就高兴得等不及到晚上,所以一喝完下午茶她就来了。于是爸爸妈妈、爷爷奶奶和叔叔婶婶戴上帽子,穿上外套,说完再见之后,他们就离开了家。

等大人们一出门,米莉·茉莉·曼迪和小伙伴苏珊就小心翼翼地关上了门,哇,现在家里就只剩下她们俩,可以独自看家啦!

"好好玩!"小伙伴苏珊说,"我们干点什么好呢?"

"呃,"米莉·茉莉·曼迪说,"如果我们是女管

家的话,我想我们应该先系上围裙。"

于是她们各自系上一条妈妈的围裙。

小伙伴苏珊说:"我们现在既然系上了围裙,那我们就得干点活才行!"

于是米莉·茉莉·曼迪拿来了畚箕和扫帚,在地板上扫起了食物的碎渣;小伙伴苏珊则把爷爷扔在椅子上的报纸折叠好,整整齐齐地放在了架子上。她们拍打着坐垫,放好椅子,真像个有模有样的小管家呢。

小伙伴苏珊看看桌上盘子里放着的几块黄油面包、一壶牛奶和两个杯子,就问道:"那是给谁的?"

米莉·茉莉·曼迪回答道:"那是给我们俩准备的晚餐,不过现在还不到开饭的时间。妈妈说我们可以把牛奶倒进锅里,放在炉子上加热。"

"好好玩呀!"小伙伴苏珊说,"那我们就能做饭了,我们能再加工一下黄油面包吗?"

米莉·茉莉·曼迪彻彻底底地研究了面包一番,

说道:"我们可以在火上烤一烤它!"

"噢,太好了!"小伙伴苏珊说,"我们现在可以开始了吗?做饭得花不少时间呢。"

于是米莉·茉莉·曼迪说:"好吧,那我们开始吧!"她找来炖锅,小伙伴苏珊则拿来牛奶。这时,突然传来"砰!砰!砰!"的敲门声。

"噢!"小伙伴苏珊说,"差点把我吓得跳起来!到底是谁在敲门啊?"

"噢!"米莉·茉莉·曼迪说,"如果是我们不认识的人敲门,我们是绝对不能开门的,不过我也想知道敲门的会是谁!"

于是她们俩一起朝门口走去,米莉·茉莉·曼迪把自己的嘴巴放在信箱上,有礼貌地问道:"请问你是谁?"

半天都没有人回答,接着一个可笑的沙哑的声音传来:"我是无名先生!"

米莉·茉莉·曼迪和小伙伴苏珊一听,互相看了一眼,异口同声地喊道:"是比利·布兰特!"她们打开锁,把门拉开了。

果真是比利·布兰特，他正咧嘴笑着，站在门前的台阶上。

米莉·茉莉·曼迪大大地打开屋门，请他进来。她说："你以为我们会不认识你吗？"

小伙伴苏珊说："你倒真是吓了我们一跳！"比利·布兰特笑盈盈地走了进来。

"我们被留在家里了，"米莉·茉莉·曼迪说，"留下来看家！"

"瞧瞧我们的围裙，"小伙伴苏珊说，"我们正准备做晚餐！"

"一起来吧！"米莉·茉莉·曼迪说，"我们一起分享，你能留下吗？"

比利·布兰特任由她们把自己拖进厨房，他说当米莉的爸爸妈妈、爷爷奶奶、叔叔婶婶路过谷物商店，前往十字路口时，他就看到了他们。妈妈告诉他米莉她们被留在了家里，如果他愿意的话，可以到家里找她们玩。他觉得他应该来，并给她们一个惊喜。

"把外套脱了吧，因为这里可热得很呢！"米莉·茉莉·曼迪说,"现在我们得赶紧做饭了。来吧,苏珊!"

他们把牛奶倒进炖锅,把锅放在炉子上加热。然后每个人用叉子叉起一片黄油面包在火上烤起来。

可是,这看起来并不是非常好的方法(也有可能是因为太多人同时烤面包了)。比利·布兰特觉得等待的时间太久,他看到炉子的一旁放着一口煎锅(妈妈常用它来烹制早餐用的培根),就说:"我们干吗不把面包片放在煎锅里面煎呢?"

米莉·茉莉·曼迪认为这是一个好主意!这下,他们把所有的面包都烤得金黄喷香。(味道太好闻了!)当他们烤完面包以后,煎锅里还剩下了一点油,于是他们在周围找呀找,想找点什么东西再煎一煎。

"我去面包盘里看看,还有没有什么零碎的面包片。"米莉·茉莉·曼迪说,"我不能自己去切面包,因为妈妈还不允许我使用面包刀呢!"

她跑进储藏室四处瞧,面包盘里还剩下一两片干面包片。不过她还有意外的发现,那就是——一大筐洋葱!米莉·茉莉·曼迪高兴得大叫,因为她想到了一个好主意。于是她拿出一个小洋葱（她知道这样是可以的，因为他们有很多洋葱，全是爸爸自己种的），带着它跑回了厨房。

比利·布兰特用他的小军刀削开洋葱，把它切成片放进了煎锅。（洋葱把他弄得满脸眼泪，就像大哭了一场！）接着米莉·茉莉·曼迪把煎锅放在炉子上开始煎洋葱。（洋葱没把她给呛得像是大哭了一场一样！）小伙伴苏珊可不愿意放过任何好玩的事情，于是她探过头来。（哎呀，洋葱没把她熏得满眼流泪！不过，她好歹还是把最小的一颗泪珠给挤了出来。）

洋葱现在闻上去可香了，香味飘满厨房——只是有些地方被煎过了头，变成了黑色。可是你无法想象把洋葱洒在煎面包上吃起来有多美味！

他们一起坐在壁炉旁的地毯上，盘子放在膝盖上，牛奶杯放在身旁，他们把每种东西都尽可能地分成了三份。他们真希望还有多一点的东西可以吃。（因为妈妈在切面包的时候没有预料到比利·布兰特会来。）

当他们吃完最后一点面包渣的时候，门开了，爸

洋葱现在闻上去可香了，香味飘满厨房。

爸妈妈、爷爷奶奶和叔叔婶婶走进家门,他们异口同声地说道:"家里怎么有一股煎洋葱的香味呢?"

于是米莉·茉莉·曼迪就解释给大人们听,妈妈看看煎锅有没有被烧糊(幸好没有),她只是不住地笑着,并打开了窗户。

爸爸说:"哎呀,这么香的味道把我都弄得肚子好饿。要不,我们也煎一些洋葱来当晚餐吧!"

在爸爸把小伙伴苏珊和比利送回家之前,妈妈给每个人发了一个红醋栗蛋糕来填补晚餐的不足,接着她煎了一大锅洋葱给大人们当晚餐。

米莉·茉莉·曼迪(和小伙伴苏珊、比利·布兰特道过再见之后)认真地观察着妈妈是如何做饭的,这样的话下次她如果又被留下看家,她就知道怎样更好地煎食物啦!

20

米莉·茉莉·曼迪参加铁匠先生的婚礼

很久以前,米莉·茉莉·曼迪正准备去参加一场婚礼。

这不是一场普通的婚礼。在普通的婚礼上,你只能通过教堂的栏杆观礼,惊艳于那些穿着晚礼服的淑女和系着领结的绅士翩然从外面走进教堂。

米莉要去参加的这场婚礼是一场十分重要的婚礼。

铁匠拉奇先生就要娶那个在哈伯太太家的面包店帮工的年轻姑娘了!(米莉·茉莉·曼迪认为,这是这场婚礼之所以重要的重要原因。)她还有两个伴娘,其中一个是米莉·茉莉·曼迪,而另一个则是小伙伴苏珊。

米莉·茉莉·曼迪为了比利·布兰特不能当伴娘的事情感到可惜和遗憾,可是比利·布兰特说他才不在乎呢,因为他认为重要的好戏在后头。

在这个村子久远的过去里，当铁匠先生或是他的家族中任何一个人要结婚的时候，都得在他的锻造炉外面"点燃铁砧"，用真正的火药来庆祝自己的婚礼！铁匠拉奇先生亲口这么说的，他说他的父亲、叔叔、婶婶、爷爷、太爷爷都是以这样的方式结婚的，因此他认为以同样的方式来结婚才合乎情理。

比利·布兰特倒不认为每个铁匠都得这么结婚才行，因为他还从来没看过铁匠的婚礼是怎样的，连听都没听说过。米莉·茉莉·曼迪和小伙伴苏珊也和他一样。

不管怎么样，虽然比利·布兰特不能做伴娘，但是他依然收到了婚礼的邀请，就像布兰特先生和布兰特太太一样（他们是比利·布兰特的父母）。此外，莫格斯先生和莫格斯太太（小伙伴苏珊的爸爸妈妈）、米莉·茉莉·曼迪的爸爸妈妈、爷爷奶奶和叔叔婶婶，以及铁匠先生的一些重要朋友都受到了邀请。（当然了，只有重要的朋友才能收到婚礼的正式邀请，而其他人则只能透过栅栏的缝隙，或站在教堂的巷子里观看婚礼。）

米莉·茉莉·曼迪参加铁匠先生的婚礼

现在距离婚礼举行的日子只有几天了。这一天，米莉·茉莉·曼迪和小伙伴苏珊以及比利·布兰特刚刚放学回家，当他们来到谷物商店门口（那是比利·布兰特的家）时，他们就听到附近的铁匠铺传来叮叮当当的敲打声，于是他们沿着小路走过去瞧。（如果没什么紧要的事情，人们一般不会特意接近铁匠铺。）

铁匠拉奇先生正在修补一块铁犁，这事可没有看他钉马掌那么有趣。不过，他们看见一块火红的铁块正被铁匠先生用铁锤敲打着，很快就弯曲起来成了形。巨大的铁锤弹起弹落，仿佛它知道那块铁有多烫，而不愿意在那儿多停留片刻的样子。每次铁锤落下去、弹上来，铁砧就会发出巨大的敲击声，因此，此刻的铁匠先生完全听不到旁人跟他说话。不过，过了一会儿，他转过头来，把火红的铁块埋进火里，让火对它再一次加热。他的助手开始一上一下地拉起风箱，直到火焰熊

熊燃起，火花四溅。

现在终于安静了，米莉·茉莉·曼迪喊道："你好呀，拉奇先生。"

拉奇先生说："你们好呀！放学了，是吗？继续呀，雷金纳德，别停下。"

于是那个男孩更用力地拉起风箱的手柄，火燃得更大了，火星飞溅。

"那是他的真名吗？"米莉·茉莉·曼迪问道。

"我的名字叫汤姆。"那个男孩气喘吁吁地答道。

"这儿可不能有两个汤姆，"铁匠先生说，"那是我的名字，他会喜欢'雷金纳德'这个名字的。你们几个，现在快闪开！"

大家迅速四散开来。这时，铁匠先生用一把长柄钳将那块火红的铁块从火炉里夹了出来，重新放在铁砧上，开始在上面钻孔，准备钻一个螺旋孔。钻子穿过那块火红的铁块，就像穿过一块奶酪般易如反掌。当铁块变冷变硬，颜色也变成灰色的时候，铁匠先生又把铁块放进了火炉里。于是大家又可以聊天了。

"要是你想点燃铁砧的话,你会把火药放在哪儿呀?"比利·布兰特问。

"我会把火药放在那个洞里面。"铁匠先生指着铁砧,说道。

于是比利·布兰特和米莉·茉莉·曼迪,还有小伙伴苏珊弯下腰去看个究竟。果然,在铁砧的顶部,有一个方形小洞。(如果你有机会看到铁砧,你也会看到这样的小洞。)

"那里可装不下多少火药呀。"小伙伴苏珊失望地说道。

"哈,你可小看它了,它能闹出大动静呢,你们等着瞧。"铁匠先生说道,"你们不想全被气流给吹跑吧,是不是呀?"

"你把火药准备好了吗?"米莉·茉莉·曼迪问道。

"准备好了。"拉奇先生说。

"那你把火药放在哪儿了?"小伙伴苏珊四处张望着,问道。

"不在附近,我能告诉你们的就只有这么多了。"

铁匠先生说。

"你从哪儿弄到的火药呀?"比利·布兰特问。

可是铁匠先生说他可不能泄密,说完,他又从火炉里拿出铁块,开始叮叮当当地锤打起来。

当他重新把铁块放入火炉中时,米莉·茉莉·曼迪又说道:"婶婶快把我们的伴娘裙做好了,拉奇先生。"

"希望如此!"铁匠先生说,"下个星期六我就要结婚了,你们的伴娘服要是还没做好,你们说我该怎么办?雷金纳德,赶紧的,拉紧风箱。"

"婶婶给我们做的是长裙,差不多拖到脚下了呢。"小伙伴苏珊说,"但是她会在裙子上打很多褶

子,这样我们就能穿着最漂亮的裙子去教堂里了。当我们长高以后把褶子放下来,裙子变长就又能穿了。"

"那倒是个好主意。"铁匠先生说,"我也让他们帮我把结婚礼服打些褶子,这样以后还能用来当做上教堂的礼服。"

铁匠先生把那块火红的铁块从火里捞出来,迅速放进旁边的水槽里面浸了一秒钟,水槽里的铁块立刻发出了很大的嘶嘶声,冒出了许多的水蒸气,还产生了一股奇怪的气味。

"你为什么要那么做呀?"比利·布兰特问。

"这是让铁回火。"铁匠先生把铁块贴在铁犁上看看是否合适,继续说,"给它降降温,就像让你在大热天里洗个冷水澡一样。"

他把铁块放在铁砧上,拿了一个较小的锤子继续锤打个不停。米莉·茉莉·曼迪和小伙伴苏珊以及比利·布兰特见状,觉得是时候回家了,于是他们跟铁匠先生道别以后,就各自回家喝下午茶了。

喝完茶以后,米莉·茉莉·曼迪和小伙伴苏珊又重新试了试她们的伴娘裙,婶婶一针一线地缝呀缝,这样才能保证婚礼那天把伴娘的礼服给准备好。

好了，伟大的这一天终于来临。米莉·茉莉·曼迪和小伙伴苏珊穿着同样的粉色长裙，手里捧着玫瑰花束，跟在新娘身后（就是在哈伯太太家的面包店帮工的那个年轻姑娘）。她们顺着教堂的走廊往前走去，拉奇先生正在那里等待着他的新娘。

拉奇先生今天看上去干净整洁，他穿着崭新的海军蓝礼服，礼服上缝着闪亮的白色领结和袖口，袖口上面还有一个大大的白色扣眼。米莉·茉莉·曼迪差点都认不出他来。（尽管她也看到过洁净的拉奇先生，比如他在球场上玩板球的时候，或者是和在哈伯太太家帮工的年轻姑娘一起散步的时候。）

婚礼的仪式结束以后，米莉·茉莉·曼迪和小伙伴苏珊跟在新娘和新郎身后，沿着走廊往门口走去。每一个坐在教堂座椅上的人都露出了衷心的微笑。布罗斯小姐在一块红布帘后面弹奏着脚踏风琴，琴声又洪亮又欢快。雷金纳德，就是铁匠先生的小助手，则帮她用力地踩着钢琴脚踏。（这又是他的另一种拉风箱方式。）

米莉·茉莉·曼迪和小伙伴苏珊跟在新娘和新郎身后,来到教堂门口。

接着，跟在新郎和新娘背后的两个小伴娘，则站在教堂门外的石阶上，准备随时用相机为他们拍下美丽的笑容。

婚礼队伍里的每个人都沿着小路往下走去，经过铁匠先生的房子和他的铁匠铺（今天当然是关着门的），然后沿着大路往上走，往旅馆走去，那里的一个房间被包下来，用来给宾客吃婚宴的早餐（尽管此时已经接近下午了）。

大家站成一圈，边吃边喝边开着玩笑。大家笑着，聊着，不时鼓掌和发出阵阵欢笑。

米莉·茉莉·曼迪和小伙伴苏珊，还有比利·布兰特也和其他宾客一样，边吃边使劲鼓掌，欢声笑语不断。（不过我不敢保证比利·布兰特也和其他宾客一样爱笑，因为他一直忙着品尝各种美食。）

他们每个人得到了两个冰淇淋（因为奶奶和其他几个人都不想吃），他们还分到了一大块婚礼蛋糕，还有其他人的也让他们帮忙吃完。尽管他们的妈妈都说孩子不能再吃了，但是拉奇先生却坚持让孩子们包办剩下的全部美食。（他可真是个大好人！）

接下来,伟大的时刻到来了。全部人都走出旅馆,往铁匠铺走去,观看点燃铁砧的仪式。

拉奇先生把铁匠铺的大门打开,并牢牢固定住。他和米莉的爸爸、叔叔、布兰特先生、斯迈尔先生一起又拖又推,把那个沉重的铁砧搬到了外面的小路。(铁砧被仔细地清洗过,很干净,这样就不会像你想象的那样弄脏大家的手。)

拉奇先生在铁砧上面的方形小洞里放进一些黑色的火药(比利·布兰特看不出来他从哪儿拿来的火药)。男人们把一根长长的火绳放进小洞,又从小洞穿了出来,直拖到地上(他们也把那称作引线)。接着,拉奇先生从包里摸出一包火柴,掏出一根来点燃了引线的一端。

全部人赶紧后退,把铁匠铺围成了一个半圆形,大家静静地等待着。

妈妈和莫格斯太太以及布兰特太太都希望米莉·茉莉·曼迪、小伙伴苏珊和比利·布兰特紧挨着她们,拉齐先生则紧紧护住他的新婚太太(她应该不会再继续工作,因为她现在是拉奇太太了,拉奇先生

说她应该辞职专心照顾自己的丈夫)。她看上去害怕极了,她紧紧地用手捂住自己的耳朵,于是拉奇先生用他的胳膊紧紧搂住了自己的新娘。

米莉·茉莉·曼迪和小伙伴苏珊也用手半捂住耳朵,激动得蹦蹦跳跳。唯独比利·布兰特镇定地将手插在裤袋里面,安安静静地站在那里。他说他可不想错过任何一声巨响。

小火苗顺着引线爬过来,越来越近了,它爬上了铁砧。大家屏住呼吸,等待着那声巨响的出现,他们等啊等啊等啊……

他们继续耐心地等啊等啊……

"这究竟是怎么回事?"拉奇先生放开环抱着拉奇太太的胳膊,说道,"引线燃完了吗?退后,大家!现在危险还没解除。"

于是他们又等了一会儿,可是依旧毫无动静。

最后,拉奇先生终于朝着铁砧走了过去,其他男人也跟着走了过去(不过女人们一点也不希望他们凑过去)。

"哈!"拉奇先生说,"引线刚燃到铁砧边上就没有了,现在我们该怎么办?引线看来太短了。"

"我正好有些绳子。"比利·布兰特边说,边在自己的短裤口袋里翻找着。

"拿过来,让我瞧瞧。"拉奇先生说。

于是比利·布兰特走过来,把绳子递给了拉奇先生(同时他也好好地朝着铁砧上的方形洞口看了看)。

"你们觉得这绳子能点着吗?"米莉的爸爸问道。

"也许能,如果你用蜡烛的蜡摩擦摩擦绳子的话。"杂货铺老板斯迈尔先生说。

"我正好有些蜡。"比利·布兰特又边说边在裤包里翻找起来。

"递给我!"拉奇先生说,"你包里还揣着些什

么?难不成是个杂货店?"

"不过这是蜂蜡,不是蜡烛的蜡。"比利·布兰特说。

"没关系,只要是蜡就行。"布兰特先生说。

"好像有点黏。"比利·布兰特还在翻找着,说道。

"你这孩子——接下来你会往包里放啥东西呀?"布兰特太太说。

"最好把口袋翻个底朝天。"叔叔说。

于是比利·布兰特把整个口袋都翻了出来,里面的存货可真不少——弹珠、马栗子、锡块、小刀、笔袋、坏了的钥匙、一个硬币,还有几张公交车票以及其他的零碎物件。裤缝的线上粘着的不正是一团蜂蜡吗,这是他用小刀从树上割下来的呢。

"你小子还真有用,比利!"拉奇先生边说,边用蜂蜡摩擦着绳子。接着,他一直沿着地面排放绳子,直到把它放进铁砧的方形小洞里。然后,他点燃一根火柴,引燃了引线的一端。所有的人赶紧迅速往后跑去,重新围着铁匠铺形成一个半圆,大家像上一次那样耐心等待着。

小火苗往前蹿去,它停了一会儿,仿佛就要熄灭的样子,但是过了一会儿,它又重新燃起,终于到达了铁砧那里,它往上爬去,所有人都屏息静等着。米莉·茉莉·曼迪和小伙伴苏珊用手捂住耳朵,互相看着对方,微笑着。比利·布兰特依旧把手插进深深的裤包里,皱着眉头站在前面。

小火苗爬上了铁砧的顶部,每个人都屏住呼吸,米莉·茉莉·曼迪紧紧地用手捂住耳朵,但她又怕一点声音都听不到,于是把手又松开了一些——就在那时,传来了一声巨响——砰!

米莉·茉莉·曼迪和小伙伴苏珊都被吓得跳了起来,她们尖叫着,因为她们真的被吓坏了(尽管这声巨响她们期待已久)。比利·布兰特咧嘴笑着,看上去开心得很。其他的大人则凑在一起谈论起来,他们

走上前去看铁砧（铁砧依然毫发无损，只不过洞口看上去有点脏而已）。

于是大家纷纷与铁匠和他的新娘握手道贺，称赞他们办了一个最具铁匠传统的、最好的婚礼，并祝福他们新婚幸福。铁匠先生真诚地对大家的祝福一一表示了感谢。

轮到米莉·茉莉·曼迪和小伙伴苏珊与新婚夫妇握手了，她们对铁匠先生举行了一个如此美好的婚礼表示了感谢，拉奇先生则对她们说：

"如果没有你们两位伴娘的话，这场婚礼何以称为婚礼呀，比利·布兰特还把自己的宝贝都贡献给我们用了，真是出乎我的意料呢！"

大家都笑了起来，拉奇先生往比利·布兰特肩上拍了拍。他的力气太大，差点把比利·布兰特弄得摔倒在地（还好没有伤到比利）。

现在米莉·茉莉·曼迪、小伙伴苏珊和比利·布兰特终于明白，帮助拉奇先生举办一场富有铁匠特色的婚礼有多么重要！

21

米莉·茉莉·曼迪拥有了一条新裙子

很久以前的一天,米莉·茉莉·曼迪和她的小狗托比正在玩捉迷藏的游戏。

开始的时候,米莉·茉莉·曼迪把一个石头扔到老远的地方,让小狗托比去把石头叼回来。接着,米莉·茉莉·曼迪则跑到另一条路上,把自己藏在醋栗丛中,或是葡萄架下,或是墙的后面。然后小狗托比再来到处找米莉·茉莉·曼迪。小狗托比可聪明了,它总能马上就找到米莉·茉莉·曼迪——即便她藏进小马亮脚趾住的马厩也能找到(小马现在不在马厩,到小草地上吃草去了)。

米莉·茉莉·曼迪关上马厩的小门，一声不响地躲在里面，可是小狗托比却已经在马厩外面汪汪大叫，还用爪子刨门。只要米莉·茉莉·曼迪不推开门走出来的话，小狗托比是绝对不会离开的。

看到米莉·茉莉·曼迪，托比欢喜极了，对于能够找到米莉，它兴奋得不得了。于是它用后腿跳上跳下，用爪子使劲挠着米莉·茉莉·曼迪的裙子。

突然——唰的一声，米莉·茉莉·曼迪这条漂亮的粉白色条纹棉布裙被小狗撕破了一个大口子。

"哦，天哪，天哪！"米莉·茉莉·曼迪说，"噢，托比，看看你干的好事！"

小狗托比不再扑腾跳跃，它一副做错了事很自责的模样，于是米莉·茉莉·曼迪说："好了，好了，可怜的托比！你不是故意的。可是妈妈会怎么说我呀？我得赶紧去告诉她，给她看一看。"

于是米莉·茉莉·曼迪表情凝重地用两只手紧抓住自己破了的裙子，穿过牛棚往家赶去（不过现在奶牛不在家，也出门去小草地上吃草了）。

叔叔正把一大桶水往牛棚的地面上泼去，他正在清洗牛棚。"发生什么事了?"叔叔看到表情凝重的米莉·茉莉·曼迪从自己身边经过,两手还紧紧抓住裙子,于是他关切地问道。

"我和小狗托比玩的时候把裙子给撕破了,我要回去告诉妈妈。"米莉·茉莉·曼迪说。

"哎呀,哎呀。"叔叔边说,边往铺着砖的地面上又泼了一桶水。他接着说:"这回你惨了,告诉你妈妈,如果她想打你屁股的话,让她把你送出来,我一定会帮她好好教训你的！"

"妈妈才不会让你揍我呢！"米莉·茉莉·曼迪说（她知道叔叔只是在开玩笑），"不过裙子破了这么大一个口子，妈妈恐怕补不好。再说不久之前她才刚补过一次，现在又得从头再来。走吧，托比。"

她和托比穿过大门，走进了厨房的菜园（爸爸在那儿种了些蔬菜），接着她从菜园后门进入了那幢屋顶盖着稻草的可爱的白色小茅屋（那就是爸爸妈妈、爷爷奶奶、叔叔婶婶和米莉·茉莉·曼迪一家人一起生活的地方）。

"我的小米莉森特·玛格丽特·阿曼达怎么啦？"正在削梨子皮的奶奶问道。她看到米莉·茉莉·曼迪走进屋的时候表情凝重，还用双手紧紧地抓着自己的裙子。

"我要找妈妈。"米莉·茉莉·曼迪说。

"她在储藏室。"正坐在厨房桌边用缝纫机补床单的婶婶答道，"发生什么事了？"

可是米莉·茉莉·曼迪没有回答，只是径直朝储藏室走去，妈妈正在里面清洗架子。

"妈妈，"米莉·茉莉·曼迪一脸严肃，双手紧抓着裙子，说道，"真是对不起，妈妈，我和托比玩捉迷藏的时候，不小心把裙子给撕破了，撕坏了一大片！"

"天哪！哎呀！"奶奶说。

"接下来怎么办？"婶婶说。

"让我看看。"妈妈放下抹布，从厨房走出来，说道。

米莉·茉莉·曼迪松开手，把裙子露出来给妈妈看，只见裙子的前片豁了一个大口子。

妈妈看了看，说道："这下可好，米莉·茉莉·曼迪，这下裙子全给毁了！不过我想，修补它倒也应该不会花太长时间。"

这时奶奶说："裙子已经小了，不合身了。"

婶婶也说："颜色也褪得差不多了。"

于是妈妈说："你可以有条新裙子了。"

听她们这么一说，米莉·茉莉·曼迪挺高兴。（小狗托比也很高兴。）

妈妈说："你现在可以到花园去玩了，你的裙子

米莉·茉莉·曼迪松开手，把裙子露出来给妈妈看。

想怎么撕就怎么撕吧,米莉·茉莉·曼迪,不过其他东西可不能撕破了呀!"

于是米莉·茉莉·曼迪和小狗托比高高兴兴地把这条旧裙子撕成了好多小布条,爷爷说她现在看上去就像穿着草裙在金雀花丛中起舞。接着,妈妈带着米莉·茉莉·曼迪上楼换了一条好裙子(同样也是粉白条纹的呢)。

吃饭的时候,妈妈说:"下午我要带米莉·茉莉·曼迪去村里,给她买块新布料来做裙子。"

爸爸说:"我知道这就意味着你可能需要一些钱。"于是,爸爸从他的裤包里拿出一些钱,递给了妈妈。

奶奶说:"能不能换换样式,不要再做粉白条纹的裙子了吧?"

爷爷也说:"这次我们换点花布做裙子吧!"

婶婶说:"印着雏菊花的布料看上去一定很漂亮。"

叔叔说:"既然要买花布,就买艳丽一些的吧。红玫瑰和金黄的向日葵,你觉得怎么样呀,米莉·茉

莉·曼迪？"

可是米莉·茉莉·曼迪却说："我可不认为玛金斯小姐的店里有你们说的那些布料，所以还是做不了花裙子！"

吃完午饭，米莉·茉莉·曼迪帮着妈妈洗了盘子，收拾了饭桌。妈妈换了一条裙子，戴上帽子，拿起手袋，带着米莉·茉莉·曼迪一起沿着两旁种满树篱的大路往村里走去了。

她们经过莫格斯家的小木屋时，小伙伴苏珊正带着她的小妹妹在门前的台阶上玩泥巴。她们在做泥巴饼呢。

"你好，苏珊，"米莉·茉莉·曼迪说，"我们要去玛金斯小姐的店里，买些新的布来给我做裙子，因为我的裙子被撕破了。"

"是吗？太好了！你这次打算买什么颜色的布？"小伙伴苏珊问。

"我们还不知道，不过这次要买点不一样的布料。"米莉·茉莉·曼迪说。

她们经过铁匠铺的时候，拉奇先生和他的小助手正在燃着大火的火炉里面煅烧一个铁环。当它变得火红的时候，他们就要把这个铁环套到一辆坏了的、正在修补的马车轮子上。米莉·茉莉·曼迪想停下来看一看，可是妈妈说没时间了。

于是米莉·茉莉·曼迪冲着拉奇先生喊道："我们要去买些颜色不一样的裙子布料，因为我的另一条裙子撕坏了！"

拉奇先生停下手里的活儿，用他破旧的衬衫袖子擦擦自己热乎乎的脸，说："如果我们的衬衫每次破了以后都买新的颜色，那你看到我们时，就像看到了两道彩虹！对吧，雷金纳德？"

他的小助手咧嘴一笑，往火上又加了更多的柴火。（他的衬衣也撕坏了。）

当她们路过布兰特先生的谷物商店时，比利·布兰特正在人行道上擦拭他新买的二手自行车。这

是他爸爸才送给他的。

米莉·茉莉·曼迪和妈妈停下脚步,欣赏着新擦拭过的铮亮的自行车(简直就像新的一样)。接着,米莉·茉莉·曼迪说:"我们要去买些颜色不一样的裙子布料,因为我的裙子撕坏了!"

可是比利·布兰特对这样的事情一点也不感兴趣。(他正忙着测试自行车的前刹是否正常。)

随后,她们来到了玛金斯小姐的商店里面。

当她们来到门口的时候,另外两个顾客也从另一条路上同时来到了玛金斯小姐的商店。其中一个顾客是一名老妇人,穿着黑色的斗篷,戴着黑色的软帽;另一个顾客则是一个小女孩,她穿着一条褪了色的花裙子,头发上绑着一根缎带。妈妈帮那名老妇人推开了商店门,扯了扯门上的铃铛,然后一起进了商店,于是店里显得热闹又拥挤。

柜台后面的玛金斯小姐都不知道该先为谁服务了,她看看那名老妇人,老妇人又看看妈妈。妈妈说:"您先请。"

老妇人说:"我想给这个小姑娘买块新裙子的布

料,劳您驾,想买颜色亮丽、很有夏天感觉的那种布料。"

妈妈也跟着说:"那也是我正想买的布料呢。"

于是玛金斯小姐给她的顾客们从货架上取出一些不一样的布料,以供她们选择。

米莉·茉莉·曼迪看看小女孩,总觉得以前在哪儿见过她。她肯定是才转到米莉·茉莉·曼迪学校的新生。不过她一定是低年级的小孩,所以她们才没在一起说过话。

小女孩也看看米莉·茉莉·曼迪,不一会儿,她拉了拉老妇人的胳膊小声地说了什么。于是老妇人转过身,朝着米莉·茉莉·曼迪笑了笑。米莉·茉莉·曼迪也朝她友好地微笑了一下。

米莉·茉莉·曼迪也跟妈妈小声地耳语了一番(同时看着小女孩),说:"她是我们学校的新生。"

妈妈也冲着小女孩笑了笑。老妇人和妈妈一边看布料，一边开始聊起天来。米莉·茉莉·曼迪和小女孩等着妈妈她们挑选布料的时候，也热络地聊起天来。

原来，这个小女孩名叫邦琪，老妇人是她的祖母，她们住在离学校的十字路口很远的一幢小木屋里，和米莉·茉莉·曼迪的家正好背道而驰。

邦琪之前没上过学，因为她还不会独自走那么远的路。现在她长大了一些，祖母能陪她走一半路，剩下的一半则由她自己走完。她很喜欢上学，但是她还从来没和其他的女生、男生一起玩过，这里让她感到陌生而恐惧。米莉·茉莉·曼迪说下个星期一在学校的时候，她们可以在课间休息的时候约着出来一起玩。米莉·茉莉·曼迪还会把自己学校里的朋友介绍给她——有小伙伴苏珊、比利·布兰特，还有玛金斯小姐的侄女吉莉等等。

接着，妈妈对玛金斯小姐说："您的印花布就只有这些了吗？那好吧，米莉·茉莉·曼迪，你来看看怎么样？"

邦琪的祖母也说:"邦琪,亲爱的,过来看看。"于是她们都走到柜台前面。

柜台上面摆着一匹亮丽的蓝色丝织布料,可是妈妈和邦琪的祖母都说那种材质"不耐用"。还有一匹印着红色罂粟花和矢车菊的布料,妈妈和邦琪的祖母又说那种布料"不合适"。还有一匹绿色的印花棉布她们又觉得太厚了。另外一匹黄色的细棉布她们又说太薄,这块棉布上印着一小束一小束的雏菊花和勿忘我,除此以外就没什么布好选了。(剩下的就只有一些法兰绒或者斜纹粗布之类的布料了,那些根本就不适合。)

米莉·茉莉·曼迪认为印着雏菊和勿忘我的那匹布最漂亮,邦琪也是这么想的,米莉·茉莉·曼迪心想用这匹布做裙子的话一定漂亮极了。

可是玛金斯小姐说:"恐怕这块面料不够长,我

也不知道什么时候才能再进到货。"

妈妈和邦琪的祖母把布料展开,看来只够做一条短裙子。因此邦琪的祖母转而去看那匹粉白条纹的棉布了。

邦琪说:"那种布料和米莉·茉莉·曼迪现在穿的裙子布料一样呢,是吗?"

米莉·茉莉·曼迪问她:"你平时总是穿花裙子吗?"

"是的,"邦琪回答道,"这跟我的名字有关,你知道吗,我的全名是紫罗兰·迷迭香·五月,但是我的奶奶为了方便就叫我邦琪。"

米莉·茉莉·曼迪对妈妈说:"她应该买那匹印花的棉布,不是吗?条纹棉布并不像适合我一样适合她,是吗?"

妈妈说:"那好吧,米莉·茉莉·曼迪,我们都知道这块条纹布更加适合你,方便洗涤,穿着又漂亮。蓝色丝绸布料不经洗,洗了以后就会变形。黄色细棉布也不怎么合适。所以我们还不如选择同样花色的布料算了。所以,玛金斯小姐,请你给我扯两码同样的条纹棉布好了。"

米莉·茉莉·曼迪又看了一眼那匹印花的棉布，说道："它真的很漂亮，不是吗？可是如果邦琪穿着这个花色的棉布做的裙子到学校里去，那我一眼就能认出她，不是吗？"

邦琪的祖母说道："如果你能到家里来看邦琪穿这条花裙子的话，也挺好的！如果你的妈妈在某个星期六带着你来我家喝下午茶，如果你不介意长途跋涉，你和邦琪就能在我们的花园里一起玩耍。你如果能来，我们会非常高兴的，是吗，邦琪？"

邦琪说："是啊！我们一定会很开心的！"

妈妈说："非常感谢您的邀请，我们非常乐意来拜访。"——尽管她没有多少时间出门喝下午茶，不过她相信如果偶尔不在家的话，婶婶也能为全家人准备好下午茶的。

于是她们定下来，将在下个星期六去邦琪家拜访。邦琪好开心呀，米莉·茉莉·曼迪也开心得不得了呢。

玛金斯小姐从柜台后面递过来两包包裹好的布

料，米莉·茉莉·曼迪和邦琪各自抱着一个包裹满足地回家了。

米莉·茉莉·曼迪打开包裹，将妈妈买给自己做裙子的布料展示给爸爸、爷爷奶奶、叔叔婶婶看。妈妈还买了一根漂亮的红色丝带，当米莉·茉莉·曼迪穿新裙子的时候，正好用来给米莉·茉莉·曼迪绑头发。这样的话，不管怎么说，也正好可以让米莉·茉莉·曼迪略微做了一些新变化。

小伙伴苏珊说，如果米莉·茉莉·曼迪不穿粉白色条纹的裙子的话，人们也许不能一下子认出她来呢。

那样该多遗憾呀！

银色独角兽

银色独角兽 · 第一辑

《令人烦恼的茶壶》

《小淑女米莉·茉莉·曼迪和她的白色小茅屋》

《小淑女米莉·茉莉·曼迪和她的朋友们》

《幻影》

《不一样的森林小剧场》

《世界上最奇怪的动物》

《没有我,世界会不会不一样?》

《小心儿怦怦跳》

《每一天都快乐》